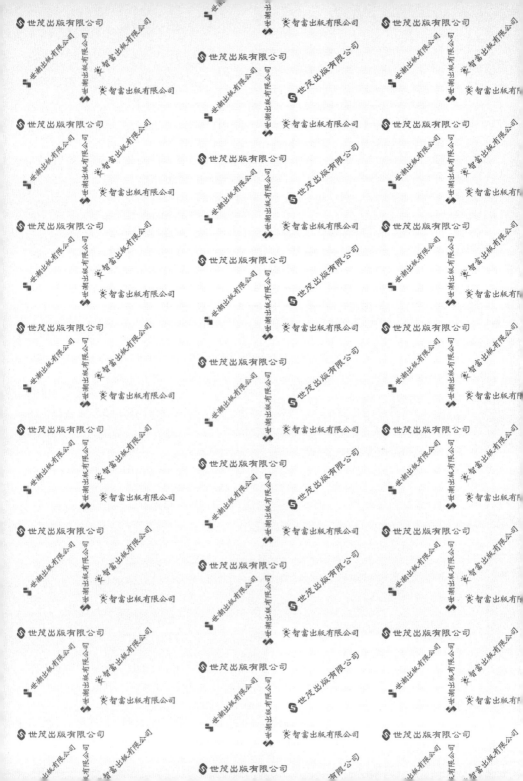

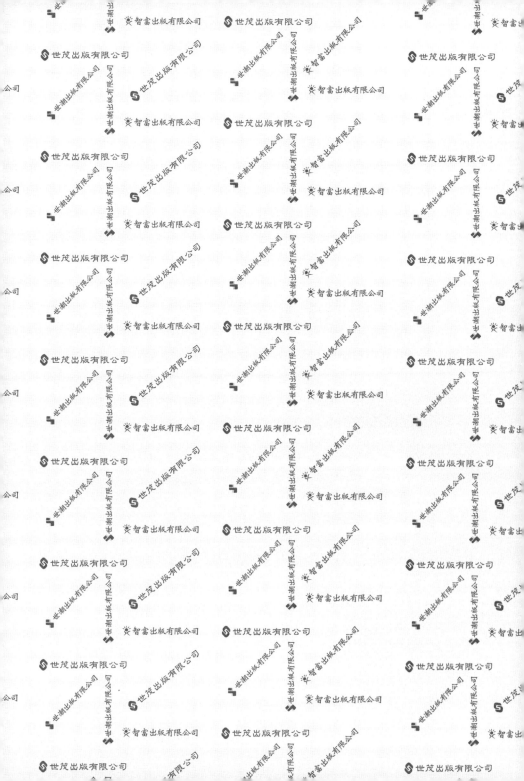

藍島不是藍鳥

藍島 圖·文

圖文、生活、

大家好
我是藍島
這是我人生第一本新書
哇~~
不管你是在那裡拿起它的
現在還來得及，趕快放回去

這本書收錄我2009到2016從無名小站開始創造的作品
加上一些全新未公開的漫畫
原來我2009就開始畫了，好久……
老屁股

這次內容分為四大篇，有描寫我學生的大學篇，生活趣事的生活篇等
以及一些從未公開過但一直很想畫完的作品。
我的好朋友這樣問我
你誰啊？
人家為什麼要買你這本書啊？

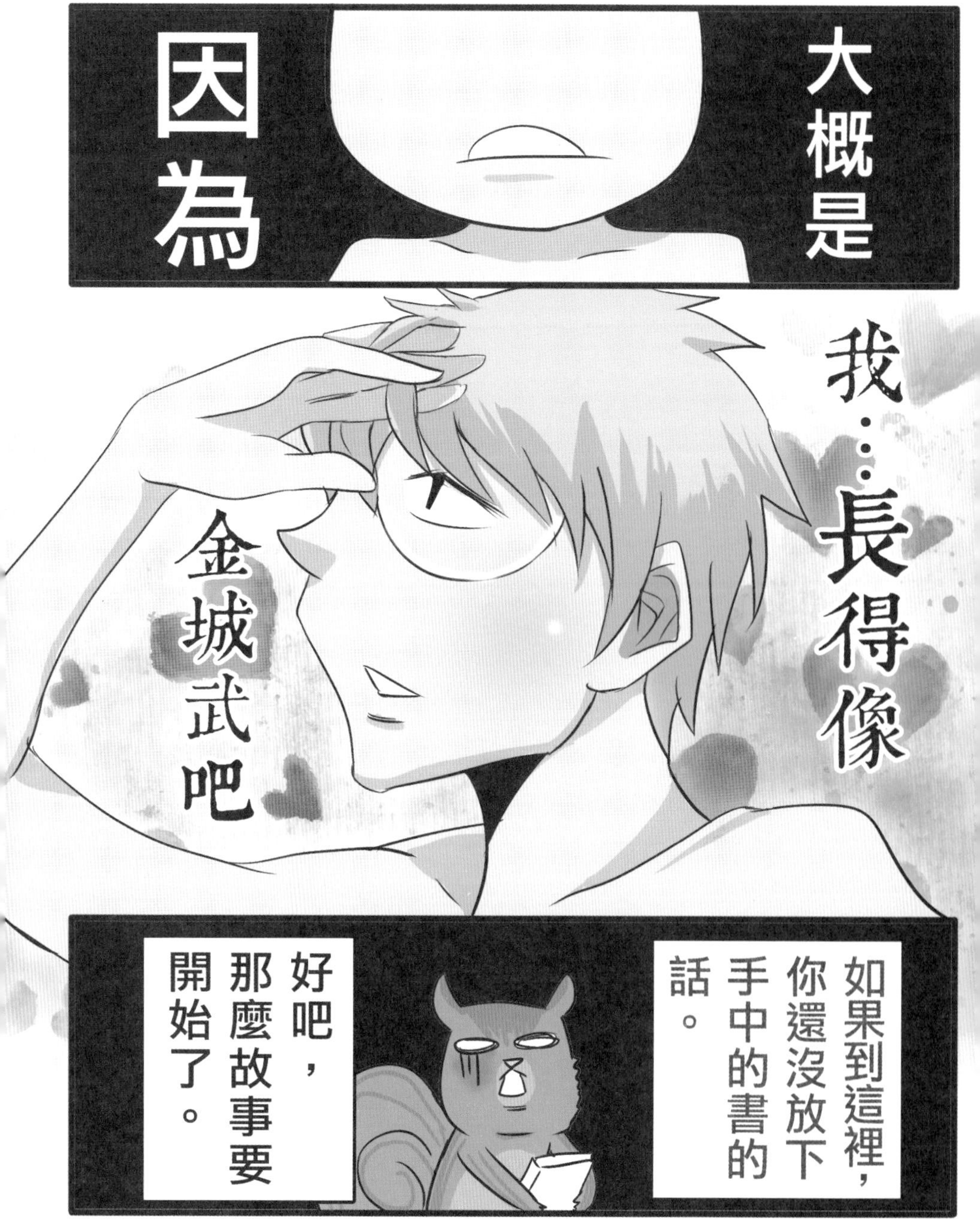
大概是
因為
我……長得像
金城武吧
如果到這裡，你還沒放下手中的書的話。
好吧，那麼故事要開始了。

目錄

惡搞篇

這不是愛情篇

藍島的小伙伴熱情推薦

職業作死漫畫家

L鼻

恭喜老爺，賀喜夫人，那個拉風的男人藍島正藍終於出書了！這本書絕對是今年夏天最清心正直、童叟無欺的優質讀物，翻開內頁一看，還覺得有點基基的。讚！

男女通殺youtuber

囧星人

學生時代！打工！男兒的青春！幽默爆笑不是重點，我只是因為作者長得像金城武才推薦的，而且本書裡他跟他的日常一樣很有誠意地全程裸體，打開這本書親自確認吧。

藍島的漫畫看似通俗，故事所寓涵的意境很深，是有足夠歷練和省思與創意的人才有的思想，所以藍島漫畫的通俗戲謔讓人捧腹大笑，但閱讀後的省思卻是強力而又回甘雋永。

這樣寫，藍島應該就會原諒我了吧。

超展開大師

正港奇片

天譴漫畫家

韋宗成

人間百態，嘻笑怒罵、一針見血，國民好基友藍島姍姍來遲了！

想看熱血，友情，勝利？
很可惜…這本都沒有，本書是讓你看完，腹肌笑到變八塊的說出：我看了三小！的業障作品。

您生活的好作家

海豚男

世上最微不幸的男人

微疼

一本好笑的漫畫，重點不是當下好笑，而是把書闔上後，還會突然想到裡面的橋段而笑。
這本書做到了！！！！

你不是攻就是受

摸哥

2009年華麗出道的老屁股要在2016為您獻出他的全部！不過不管屁股老不老，使用率高的屁股最好…這點奇片最知道。

少女漫畫界二姐 **顆粒**

藍島是我的學弟喔(沾光的概念)！他有敏銳的觀察力、有強大洞悉人性的直覺卻不失偏頗，這樣的他又是吐槽技能點滿的機車人，在他的眼中所看的世界都變得有趣又可愛，相信買下這本書的你也會有相同的感覺，絕對不會後悔喲！

是親媽啊

藍島媽

我還是希望他可以回來幫我，不然錢賺多一點。

熱血爆炸漫畫家

蠢羊

我一直以為藍島跟我一樣，是種奇怪的生物，沒想到藍島比我還要奇怪。
而且更機掰。

大學篇

什麼都不會
二零零插年，我就讀於台中的嶺東技術學院
我就讀於當時很夯的綜合高中，然後去考職校
最後考上了我一直想唸的設計系
上課第一天
各位同學有用過摳左肉或依拉斯吹特瑪？
蛤哩力功三小？
普通科畢業
嗯，很好
蛤？
看來大家都有用過了厚。

那我們就不要浪費時間
直接從應用開始教
如果你問我什麼是上課好像聽咒語
這就是了
相較於高職同學有著基本知識跟底子
我比較像隻拿著香蕉的猴子
?
嗚吱
當然我還是很努力的想了解這一切，不向命運低頭(?)

一個禮拜後
好，我看大家程度都不錯喔
我們下禮拜來上機小考一下
靠！
那時候我連該軟體都沒有，
只好厚著臉皮跟還沒有很熟的同學交換
換了
這片我珍藏的

就在我灌好軟體打開程式的那一刻
PS6.0
程式開啟中
我對螢幕發呆了整整五分鐘
阿這是什麼東西⋯
於是我開始去嚕同學(以下略)
拜託教我！
死命搖
終於皇天不負苦心人
那天考試，我徹底的
你開小畫家幹嘛？
爆炸了

我現在已經可以用小畫家
畫成這樣了喔！

住太近的困擾
大學時在外租屋，住到一個超棒的公寓
離學校後門只有約十公尺的距離
住得近有沒有比較不容易遲到呢？
鈴鈴鈴鈴
答案是
啪
沒有
但是因為住得近的關係，很多同學就會來坐坐。
幾乎每天都有訪客

電腦借我印一下東西
好阿
屎快拉出來了，廁所借一下！
快去
我習慣拉完屎要洗個澡！
囉嗦耶
晚上十二點
……你是不是該回家了
不要
我家很無聊

至於垃圾桶，也是天天爆滿
幹不是昨天才倒嗎？
又滿了啦！
我們又來啦
……
這樣下去不行
得想個辦法…

今天課上到這
好
手機
關機
預備
ㄟ藍島
衝阿！
等一下去你家好不好？
衝阿！
去你家
去你家
去你家
去你家
去你家
去你家
THE
WALKING HOME

有沒有人在裡面？
……
~~~~
碰碰碰
裝死吧
嗯
借一下廁所阿阿阿阿
電腦借一下阿阿阿阿
~~~~

真心話大冒險
那天我們一群男的聚在一起喝酒聊天
我們來玩真心話大冒險吧
……
來阿！
誰怕誰
哼
阿阿阿都是男的玩個屁阿…
真心♂話大冒險

幹！
提問人
嗯~~~
你最想讓班上那個女生……
幫你吹♥
……
[redacted]啦
幹
沒想到
吵死了
你喜歡那一味的喔
好
換我轉

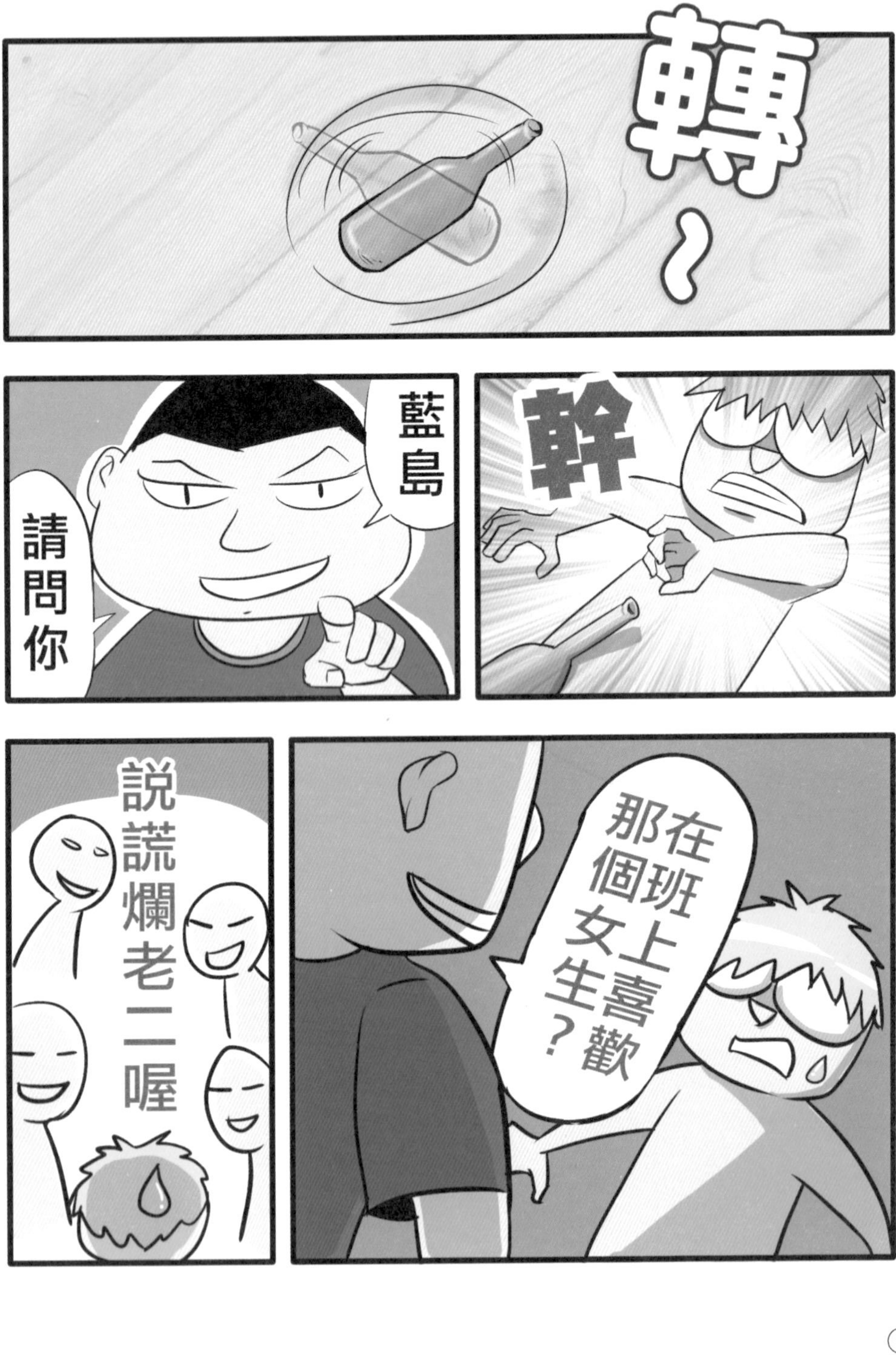

轉～
幹
藍島
請問你
在班上喜歡那個女生？
說謊爛老二喔

怎麼有種被設計的感覺……？
哼，果然是她
你是喜歡她那裡？
因為她的……
比
很大
達成共識？
嗯……果然是這樣阿

順帶一提，
這個人大學四年

學期一開始，都要先電腦選課，熱門的課程常常一下子就爆滿。
所以大家都會在晚上十二點時等在電腦前。
一直按重新整理
剩通識了
電影賞析就是你啦！
槓？當機？
爛XP
等到重開後……
靠北，想選的通識都額滿了……
疑？

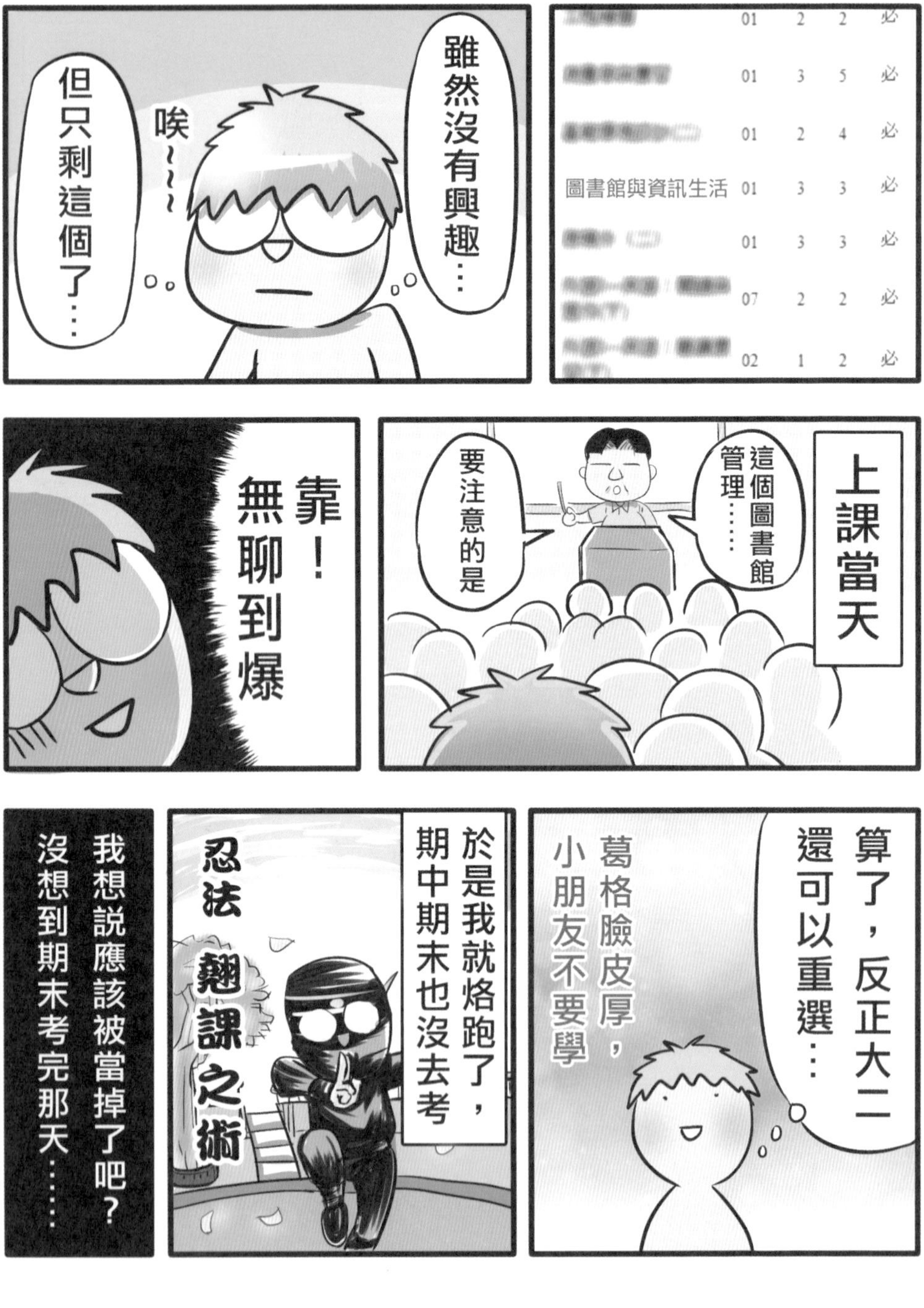
01 2 2 必
01 3 5 必
01 2 4 必
圖書館與資訊生活 01 3 3 必
01 3 3 必
07 2 2 必
02 1 2 必
雖然沒有興趣…
唉~~~
但只剩這個了…
上課當天
這個圖書館管理……
要注意的是
靠！無聊到爆
算了，反正大二還可以重選…
葛格臉皮厚，小朋友不要學
於是我就烙跑了，期中期末也沒去考
忍法 翹課之術
我想說應該被當掉了吧？
沒想到期末考完那天……

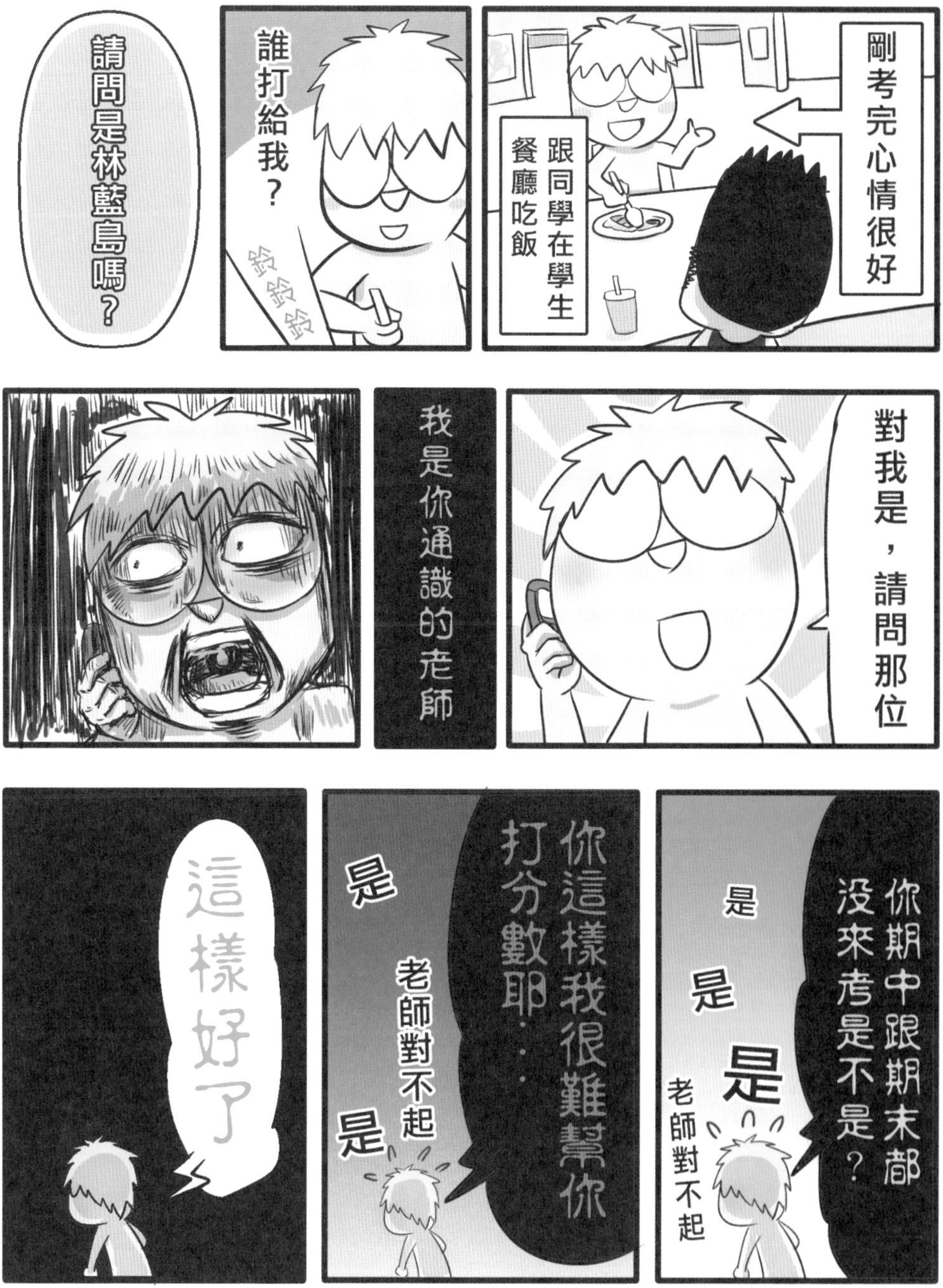
剛考完心情很好
跟同學在學生餐廳吃飯
誰打給我？
鈴鈴鈴
請問是林藍島嗎？
對我是，請問那位
我是你通識的老師
你期中跟期末都沒來考是不是？
是
是
是
老師對不起
你這樣我很難幫你打分數耶…
是
老師對不起
是
這樣好了

只要你交兩份讀書報告過來，我就讓你過
誰打來的？
通識老師
你通識不是被當了嗎？
可是老師說交讀書報告就讓我過……
你覺得我要交嗎？
有點累…
幹你智障喔？
於是我就交了
然後我真的過了
87
這件事在班上傳開後
幹超爽的
……
是那個老師？
我也要去選

因禍得福(誤)

順帶一提，那堂通識
在下學期，就消失了……

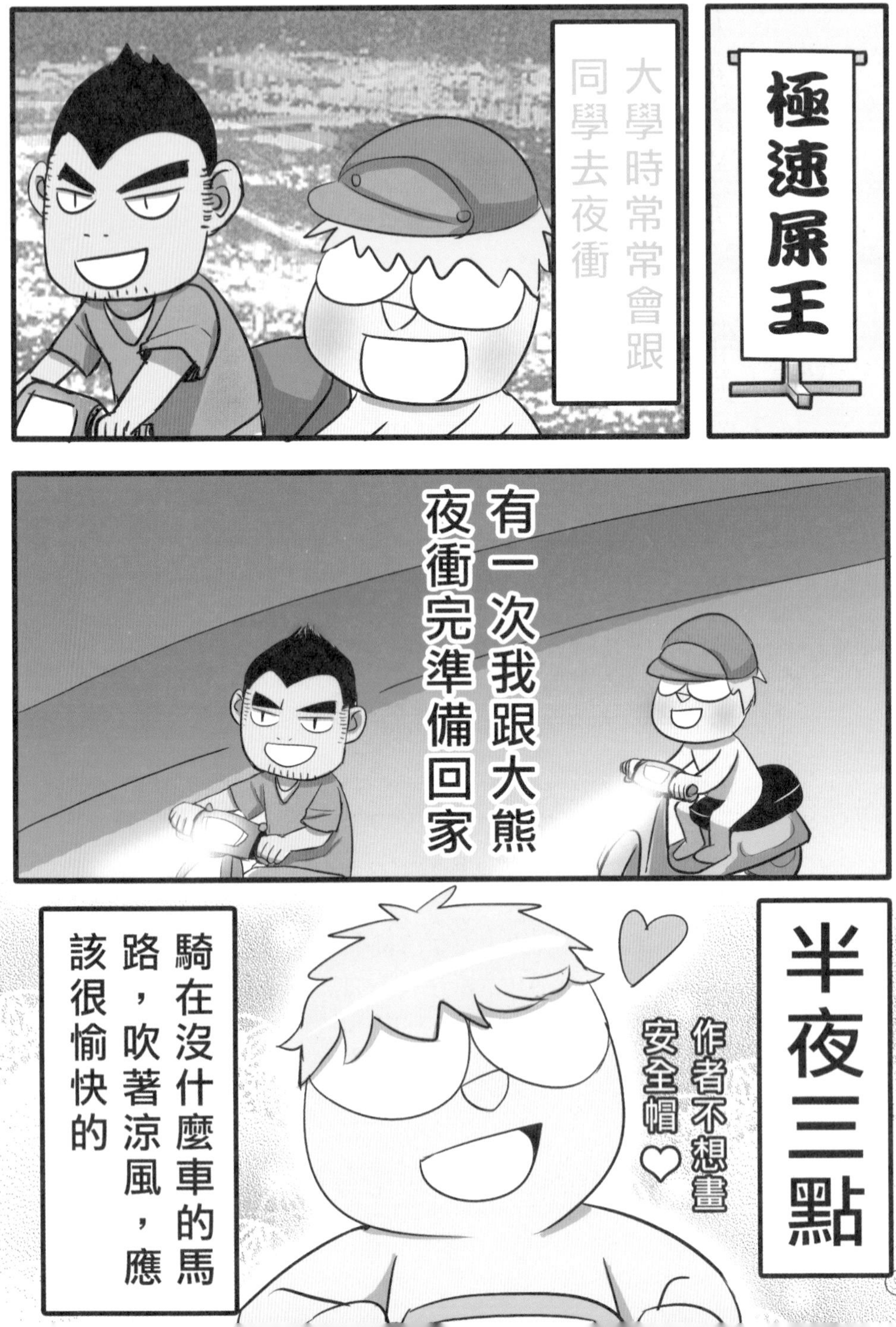

極速屎王
大學時常常會跟
同學去夜衝
有一次我跟大熊
夜衝完準備回家
半夜三點
作者不想畫
安全帽❤
騎在沒什麼車的馬
路，吹著涼風，應
該很愉快的

刺
阿嘶
……
嘻
怎麼了？
我想拉屎
噴的那種
便意來的太快就像龍捲風～～～
不能承受我菊花已無處可躲～～～

……
……
這是一座橋
冷靜一點
看附近有沒有廁所
…完全沒有呢
那時候的超商還不像現在有廁所
靠北
我覺得我撐不到回家……
有阿了！
！

過了橋就是松伯家
去他家上
催落去
喔喔喔喔喔喔喔喔
到了
什麼都不要問
讓我上
已經漏一點出來
靠北阿

題外話

那天在橋上被拍了一張超速罰單

好貴的屎

淦

點名傳說
大學有一個重點
就是點名
李●哲 有！
林●任 有！
謝●勝 有！
有每堂必點的
點名簿拿過來
有從來不點的
作業有交就好
但是最恐怖的
還是第三種
一學期我只
點三次名
三次不到的
……嘿嘿嘿

這種的最讓人
害怕
而有一次在輪到
這老師的課時

我
華麗的
睡過頭了

幹~你超爽的!
老師剛剛沒點名
耶
我本來以為事情就這樣結束了
但是那一陣子,不知為何,只要我沒去,老師就沒點名……
……
好,我們開始上課
你知道嗎?
議論
……
聽說藍島…
……
……
紛紛
鈴鈴鈴鈴~~

藍島喔，你今天會去上課嗎？
不太想去・・・
好，掰～～
掛
蛤？
稀稀
？
今天人怎麼那麼少？
落落
既然這樣的話・・・
我們就來點名吧・・・

從那天以後，
我的傳說就終止了(?)

早餐店打工記
大三的時候，為了籌措畢展的費用，我想要去打工
好貴……
徵工讀
你明天來上班看看
然後我馬上就找到了（誒）
這麼快？
這份工作是在學生餐廳的早餐店打工
順帶一提，當時時薪是七十元。
工作內容就是一大早
搬菜
調美乃滋
剝水煮蛋
鎚肉
一塊肉鎚成三倍大
打蛋
哈
哈
哈
煎蛋

有在餐飲業工作的朋友都知道
很多環境都是不要問你會怕
NO
放油的倉庫的老鼠超肥大
都快跟貓一樣大了
吱吱吱
淦
很有趣的是，那陣子是我人生最規律的一段生活
11:30
~
5:30
超健康
準備的差不多，客人就開始出現了
一個培根蛋餅
好
雖然完全不會做菜
但是早餐店也有它的SOP

不到一個禮拜我就全部學會了！
幹我超強
像炒麵阿，你只要把●擠一擠
然後把●放進去，然後再隨便●●●就弄好了喔~呵呵呵
沒問題的
像這種忙碌的日子
最討厭的就是星期三早上了
六月
8
諸事不宜
星期三
Wednesday
星期三下午是社團活動，所以幾乎學生都早上有課。
餐廳就會大排長龍應付一群死大學生
而且每個都會講一樣的話。
快一點我趕時間
趕你媽啦
然後也會遇到幫同學買的
玉米蛋餅好了
滋~~

十份炒麵
十份？
馬上來！
雖然量很多，但是都點一樣的就可以一起炒
滋～
還算省事
對了客人說
十份炒麵都不一樣喔
然後快一點他趕時間
幹去吃屎！

那天早上因為趕著上課沒空作早餐，所以我的早餐是……

吃蛋補蛋（？）

生活篇

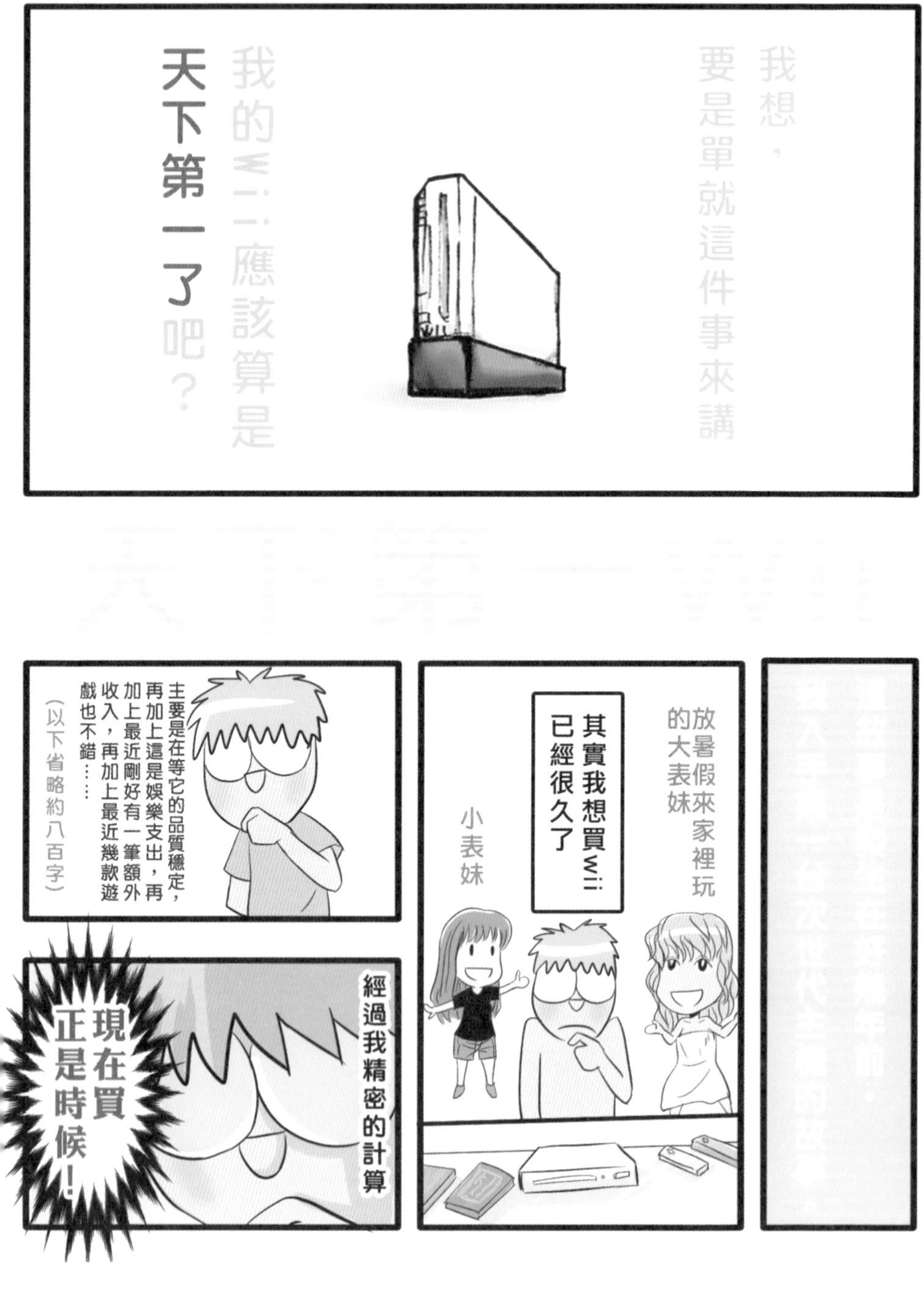
我想，
要是單就這件事來講
我的Wii應該算是
天下第一了吧？
放暑假來家裡玩的大表妹
其實我想買wii已經很久了
小表妹
主要是在等它的品質穩定，再加上這是娛樂支出，再加上最近剛好有一筆額外收入，再加上最近幾款遊戲也不錯……
（以下省略約八百字）
經過我精密的計算
現在買正是時候！

在天時地利人和之下，
我下定決心
敗了一台Wii
Wii
表哥好像怪怪的
他一直都怪怪的阿
疑？
下雨了
下雨了~~
回家打電動囉
下雨就是要在家打電動啦~~
先設定角色
喔靠！
嚇死我了
轟隆隆
沒差繼續玩
咦？

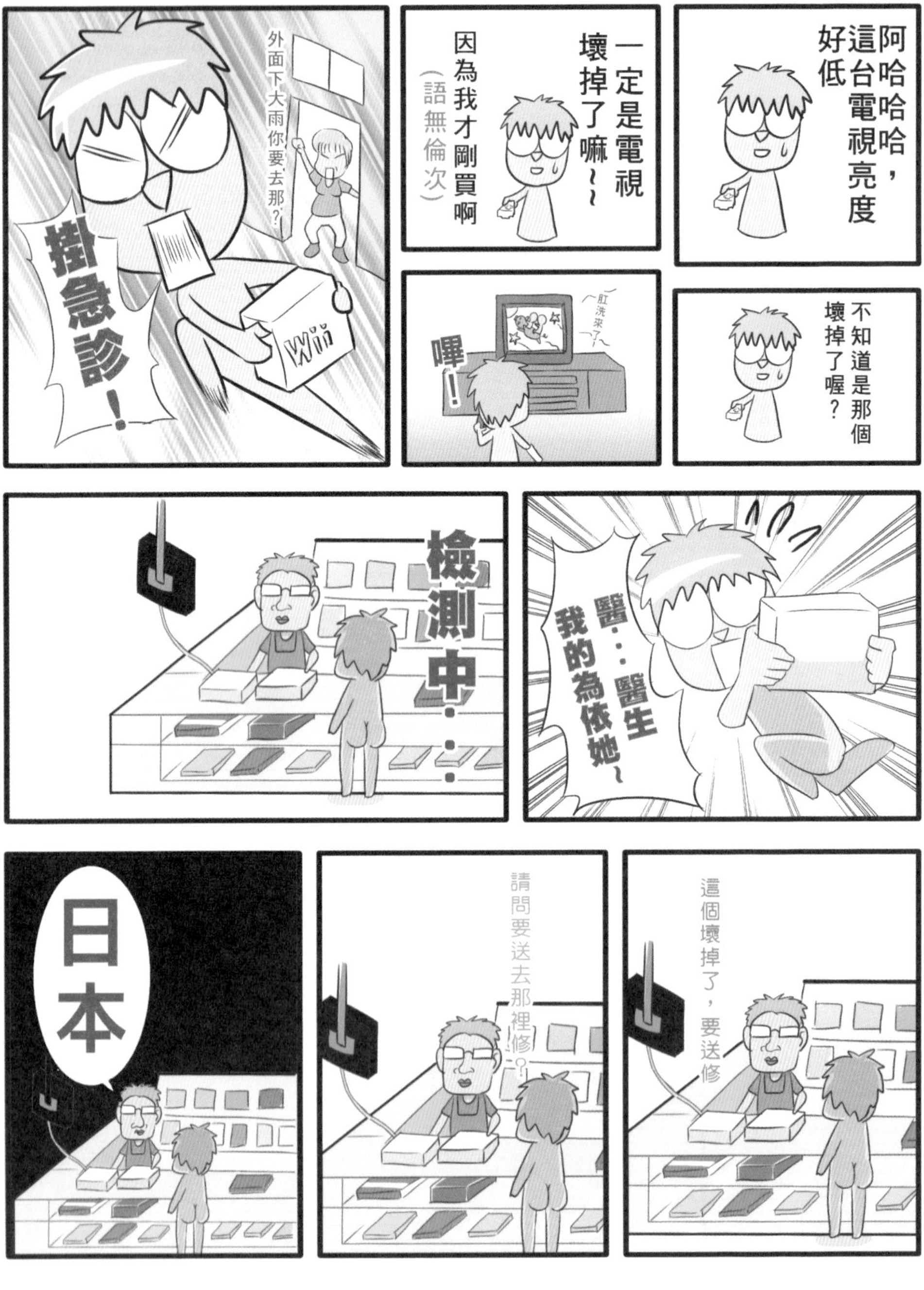

阿哈哈哈，這台電視亮度好低
一定是電視壞掉了嘛~~
因為我才剛買啊
(語無倫次)
不知道是那個壞掉了喔？
嗶！
外面下大雨你要去那？
掛急診！
Wii
醫...醫生
我的為依她~
檢測中...
這個壞掉了，要送修
請問要送去那裡修？
日本

日本？我好像有聽過這個地方
是不是基隆再上去一點點？
那…那請問要修多久？
一般流程是一星期，不過通常
要一個月
可…可是我才剛買耶？
我知道啊
&*$%%~#
&$~%#!&
+&)(*&$#
我知道啊
我知道啊
我知道啊
我知道啊
回家之後
表哥好像怪怪的
他一直都怪怪的阿
那Wii修好了嗎？
……曾經

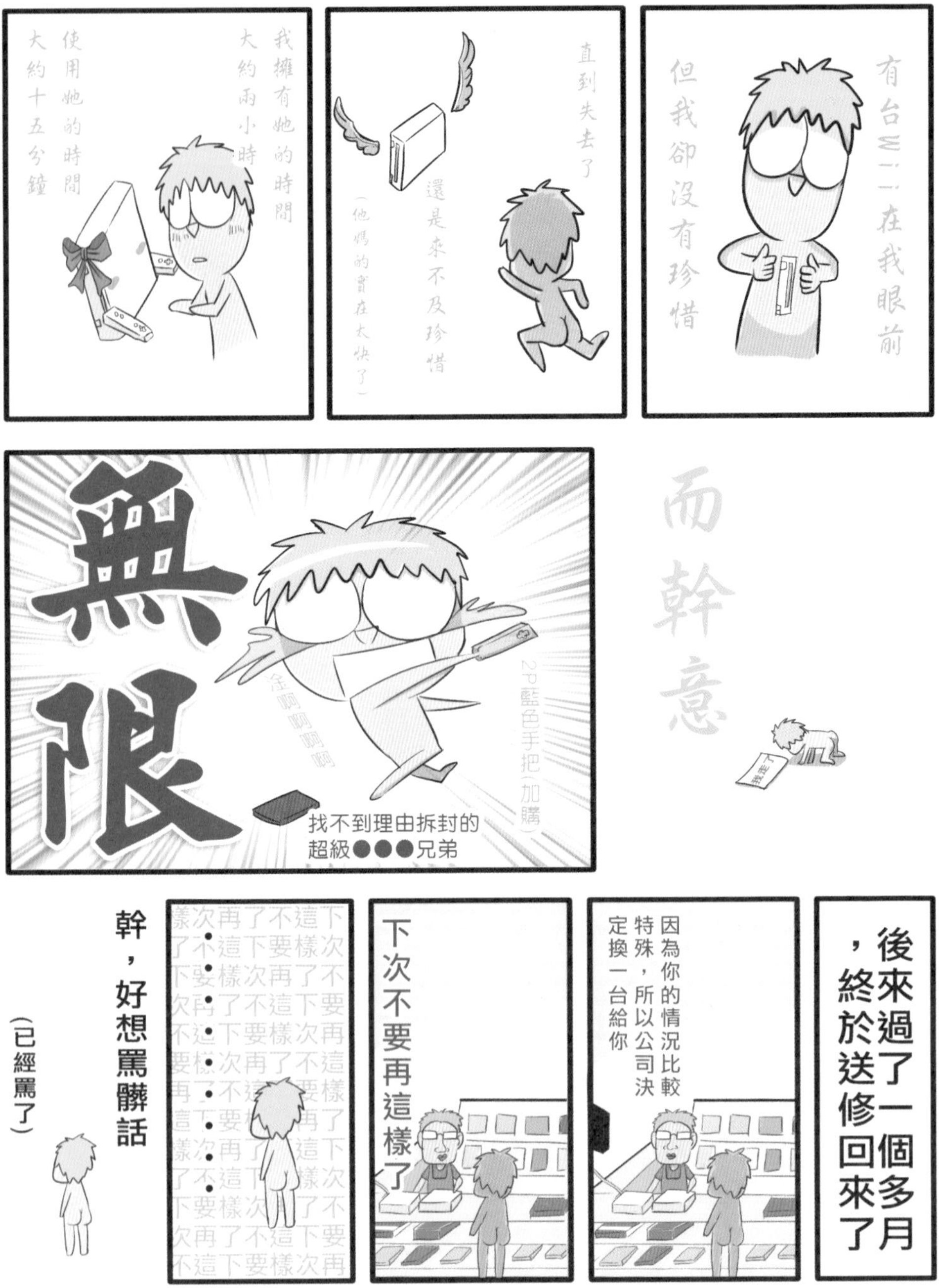
有台Wii在我眼前
但我卻沒有珍惜
直到失去了
還是來不及珍惜
（他媽的實在太快了）
我擁有她的時間
大約兩小時
使用她的時間
大約十五分鐘
而幹意
我走了
無限
淦啊啊啊啊
2P藍色手把（加購）
找不到理由拆封的
超級●●●兄弟
後來過了一個多月，終於送修回來了
因為你的情況比較特殊，所以公司決定換一台給你
下次不要再這樣了
下次不要再這樣了
幹，好想罵髒話
（已經罵了）

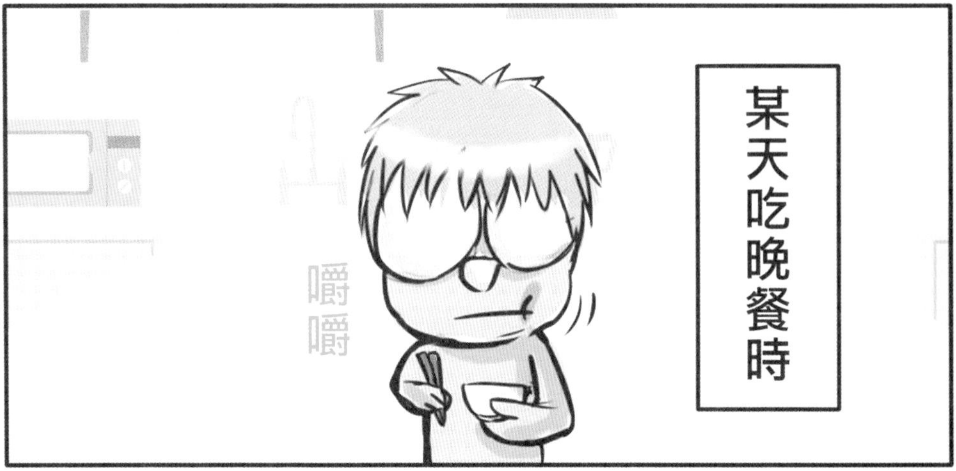
某天吃晚餐時
嚼嚼

殺人辣椒

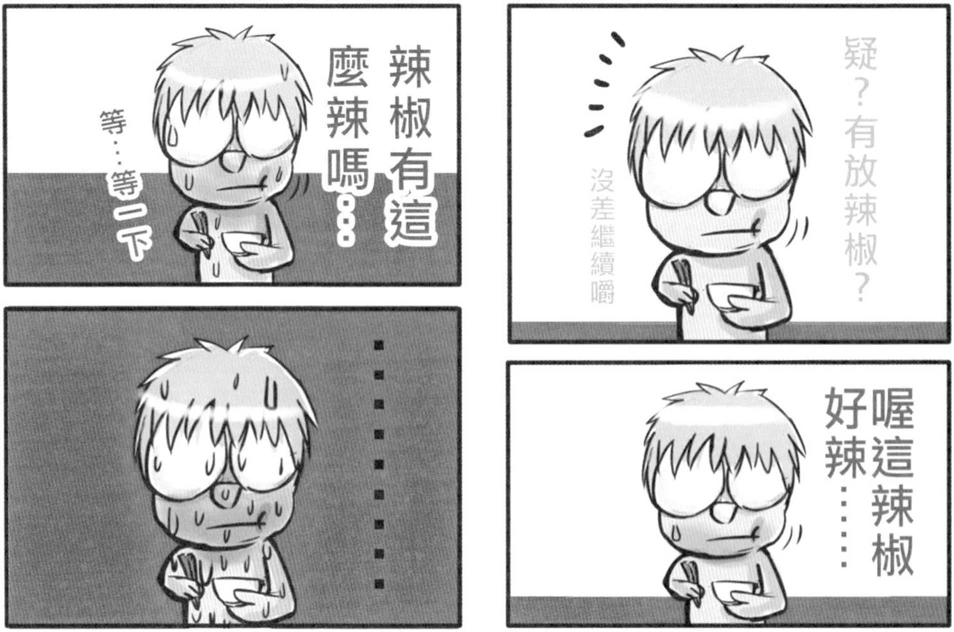
疑？有放辣椒？
沒差繼續嚼
喔這辣椒好辣……
辣椒有這麼辣嗎……
等…等一下
……

啊啊啊啊
忍不住啦
越…越來越辣…
靠夭…我的喉嚨
咳！
呸！

啪！
啪！
咕嚕嚕嚕嚕
咕嚕嚕嚕嚕
哈……哈……快裝
夭壽喔！
受不了啦！
？
嗝
嗝
嗝
嗝
嗝
嗝

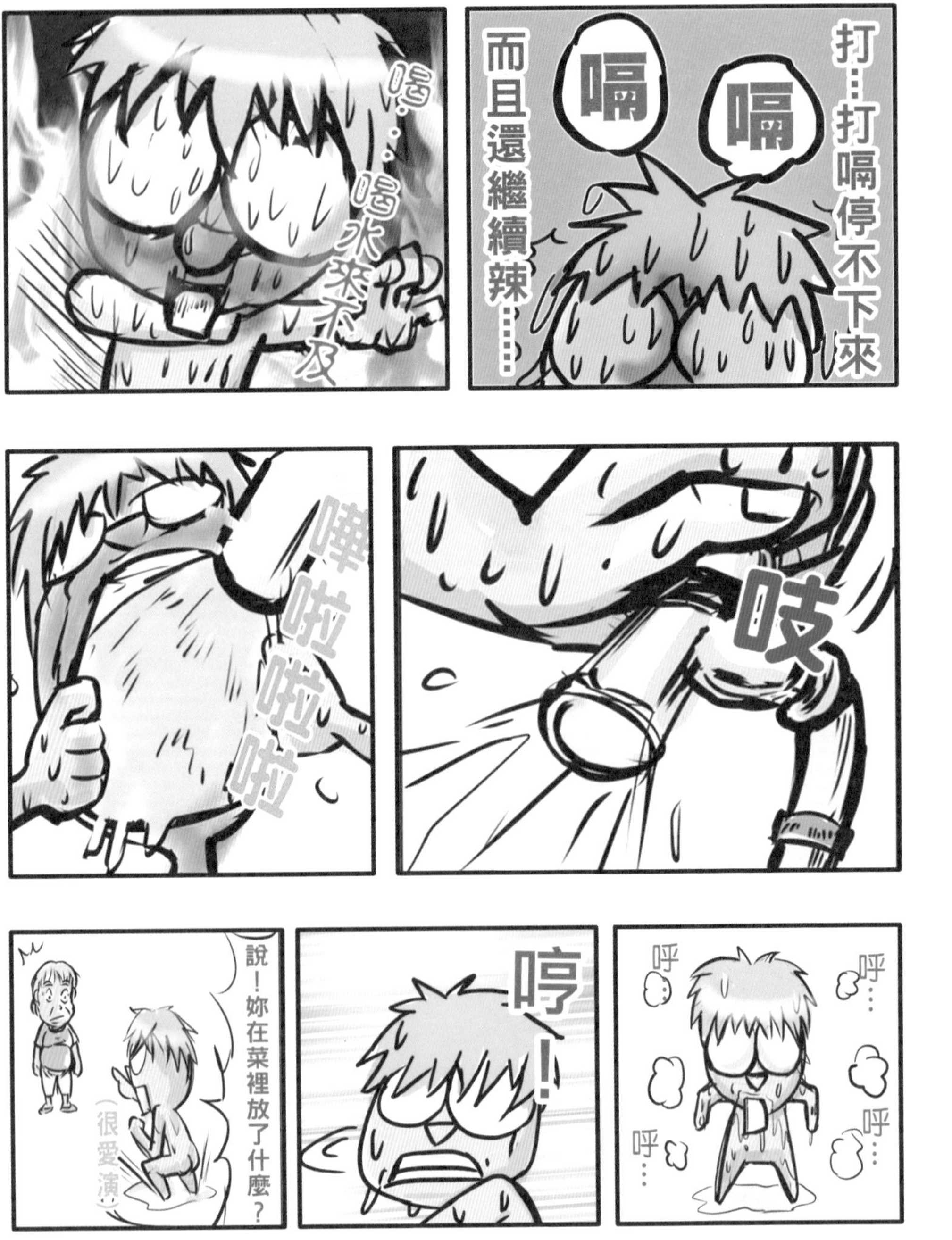
打…打嗝停不下來
嗝
嗝
而且還繼續辣……
喝…喝水來不及
吱
嘩啦啦啦
呼
呼…
呼…
呼…
哼!
說!妳在菜裡放了什麼?
(很愛演)

我朋友送的辣椒，他說很辣喔哈哈。
所以我丟了一顆去煮
剛好被你吃到，哈哈
這辣椒叫什麼名字？
他說叫鬼椒……
搜尋
鬼椒
鬼椒，又名斷魂椒，是全世界最辣的辣椒。一般辣椒辣度為四千至五千思科維爾(測量單位)但是鬼椒的辣度超過一百萬思科維爾，是一般辣椒的兩百倍辣，許多麻辣鍋店也喜歡使用。
…通常麻辣鍋店會先稀釋再使用。
…謀殺親兒啊！
不好意思啦
耶嘿～

完

時間是2011年，
那時候無名跟台論還在
有新信？
封存
移動信件
刪除
這是垃圾信
更多
Facebook <notification+22ggema@facebookmail.com>
藍島您好，我是
正港奇片
我想跟您合作，方
便見個面嗎？
正港孽緣
正港奇片？在台論畫奇怪
漫畫的那個嗎？
可是我住嘉義
耶，特地跑去
見面太麻煩了
拒絕他好了
哈哈

這時候傳來第二封信
哇~~我喜歡的講座報名成功了~~
唔，地點在台北阿？
好吧，那就順便見一下面好了
現在想想，那真是我人生的錯誤決定
當天
台大體育館
喂~~你到了嗎？
我在你前面

那邊啊？
這裡
你是藍島吧？
我是正港奇片
出現在我眼前的，是一個長得像公務員，斯斯文文的正常人
這種人在網路上畫那種漫畫？
（哪種？）
等一下
你不是正港奇片吧？
你是正港奇片花錢請來的替身吧？
哈哈哈

你真的是正港奇片嗎？
沒有錯
哈哈哈
你自我介紹不是寫你是國小校長嗎？
啊
那是
我騙人的
對，這傢伙真的是正港奇片
那你的學歷是？
××大學阿
還在唸研究所就是了
高材生阿？
高材生畫這種漫畫沒問題嗎？
（哪種啦？）

然後我們去逛街，聊了很多創作上的事
HOSPITAL
那時候的奇片想專心走創作的路，所以想多聽一些意見
但是我沒有很想理他
阿，是個好人呢，不過調性好像不太合，當普通朋友就好了吧
然後過了幾年
正港奇片簽書會
你什麼時候要跟奇片結婚？
哈 哈 哈 哈 哈 哈 哈 哈 哈 哈 哈 哈 哈 哈
幹

各位老師～各位同學～大家好
我今天要演講的題目是～～

永遠的第三名

在我小時候，學校常會舉辦演講朗讀比賽
咳
有沒有人要自願的啊？
規定每班都要派人參加
想也知道沒人自願…
這樣的話…
那邊那個藍毛
就你最吵
就是你啦！
嚇！

然後我就
現在是什麼情形？
莫名其妙的去參加了
然後我就
現在是什麼情形？
莫名其妙的得了第三名
因為參賽人數
現在是什麼情形？
只有四個
不過不管怎麼說，有得到獎總是很高興
（小朋友的思維）
哇~~獎狀耶
我以為事情就這樣結束了…沒想到
嗯
學校又要辦演講比賽
不要跟我講話

噹！
就是你啦！
你上次第三名對吧？
這次要進步阿
咦~~？
所以我又去了
上次的第一名
上次的第二名
上次的第三名
上次的第四名
我肚子好痛~
果不其然
你們班沒有換人喔？
因為…
老師說…我有經驗…所以…嗚…
好了好了我知道了
結果果然不負眾望（？）
又是第三名
好空虛…
從此以後

不要再叫我去了~~

雖然討厭上台，但是長大卻
變漫才演員，一樣在台上講
給別人聽

好吧至少這個是
自願的(誒)

這件事發生在我還是個純情可愛的小朋友的時候
你誰啊？

咕 雞雞在外面

有天學校在上健康教育

教健康教育的是一個年輕的女老師
今天要教男女生構造的不同喔

這股熱切感是怎麼回事
唔

這群死小孩，老師早就知道你們會對這特別感興趣…
我還去借圖鑑…
哼哼哼…
老師為了方便講解，叫學生圍成一列，或站或坐，十分有心。
良師施教圖
…這樣同學了解內生殖器與外生殖器的差別了嗎？
（嘖）
我舉個例好了…
也就是說
像這位同學坐的時候腿開開—

就表示他的
雞雞在外面！
指
哈哈哈
哈
雞雞在外面
你的雞雞在外面
笑什麼
你們不也是…
!
哈哈哈哈哈哈哈哈
快速後退
不准把雞雞夾起來！

說真的，
我這輩子沒看過這麼多
夾著雞雞倒退嚕的人
犯規啦！
從那件事以來已經
過了很多年
我也長大了…
只是…
有件事…
我想強調一下…
雞雞本來
就長在外面啊！

完

大家知道推幣機嗎？
一種藉由推擠讓硬幣
掉下來的機器。
在遊樂場也常常能
看到它的蹤影
現在掉下來的大部份
都是代幣或變成彩票
但是
這種機器
在我小時
候——

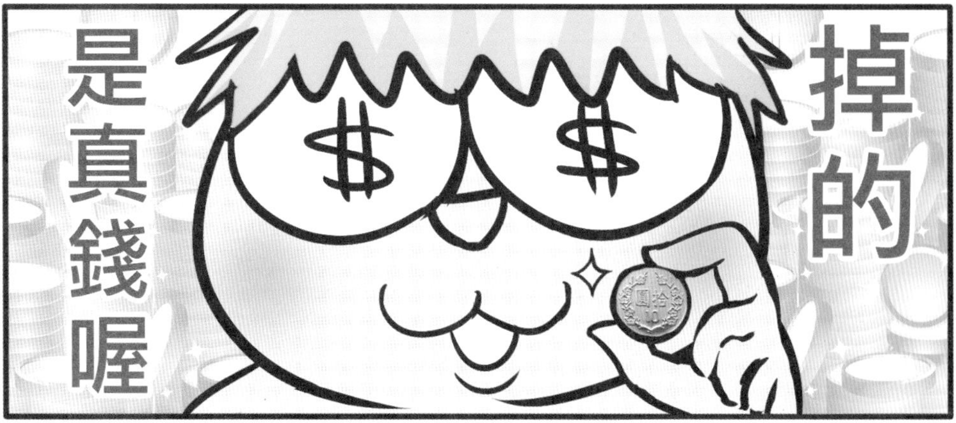
掉的
是真錢喔

冥視

賭味人生

小時候，只要遇到廟會
總是會有一堆攤販來擺攤。
哇~~

小朋友最喜歡逛這些攤販，吃一些有的沒有的零食。
鳥蛋
熱狗
霜淇淋
梅粉芭樂

廟會還有很多遊戲的攤子跟電動攤。
快打旋風
雪人兄弟
吞食天地
雷電
完全年代洩露
還是小屁孩的我都會跟老媽討一些零錢。
然後亂花XD
啊…
只剩十塊了

一下子就花光了…
最後要玩什麼呢？
!
這個，
好像會掉錢耶？

......

玩一次應該不會被罵吧?
......

投～
咚！
噹～
噹
推

嘩啦啦啦啦！
咦？
被嚇傻的小學三年級學生。

嗚哇…哇
好…好多錢
這麼多錢從那來的？
鄰居小孩
哇！
你錢好多喔！
怎麼辦…
給你！
咦？

吼！
你是白癡嗎？
那時候年紀小嘛
讓我把故事講完啦
一傳十，十傳百，我馬上就被包圍了。
我要
給我
我要
我要
我要
我要、
我也要
而且竟然還有阿伯來跟我要…
給叔叔一些啊~
一下就發完…
只剩二十了

白癡……
盯~~
讓我繼續講啦……
這樣就不會被發現了吧？
可是二十塊
根本不夠花啊！
我剛剛給你錢吧
還我一些
咦？
不要！
……那年夏天，小小的藍島……
體會到了初次的人情冷暖。
……

然後我回家被我媽暴打一頓。

這麼小就會賭博？
猴死囝仔
咻
咻
哇哇哇哇哇哇
對不擠~~~

因為鄰居家小孩收了錢還跑去跟我媽告狀，我趕羚羊。

老媽的邏輯

所以我就跑過去看了
因為她柳丁很漂亮
阿我就問她說
老闆，這柳丁甜嗎？
阿這不是廢話？
一定說甜的阿
問這麼多
買回去吃不就知道了
不是這樣！
你知道她說什麼嗎？

很誇張吧？
你說氣不氣人
是蠻誇張的
所以我就買了兩袋
因為她柳丁很漂亮
喂……
拜託你不要亂買好不好
買到奇怪的東西怎麼辦？
吃
美味
喔買尬
超好吃
新鮮又可口
香甜又多汁
話講回來……
這真是一個沒有邏輯的故事……

ㄟ…兒子
你今天的減肥餐裡是不是有全麥吐司?
對啊
跟我講這幹嘛?

老媽的邏輯(二)

可是你的吐司放太久
已經…
已經…
被我吃光了…
已經…
壞掉了嗎?
……啊?

第二天
我來試試看味道怎麼樣
你那什麼臉？
試味道啊？
阿妳不是早就吃過了？
都同一家買的阿？
原來這家老闆這麼厲害
每天吐司味道都不一樣
阿妳想吃就直接講嘛
我又不可能不給妳吃
啪！
滑~~
阿不是要試味道？
快試阿？
不肖子

挫　冰

完

你相信嗎？
這世界上有些事，越不想要，越容易得到喔

來抽海軍陸戰隊

這是發生在我當兵前去抽兵種的故事
當時坐我前面的是一位金髮少年
這沒什麼
然後他帶女朋友來抽籤
這也沒什麼

只是等待的過程他一直跟他馬子阿哈、阿哈、阿哈哈哈哈
這真的沒什麼
好，我們要抽籤的有七十四個，六十一張陸軍，十張空軍，三張海軍陸戰隊
等一下依座位順序來抽

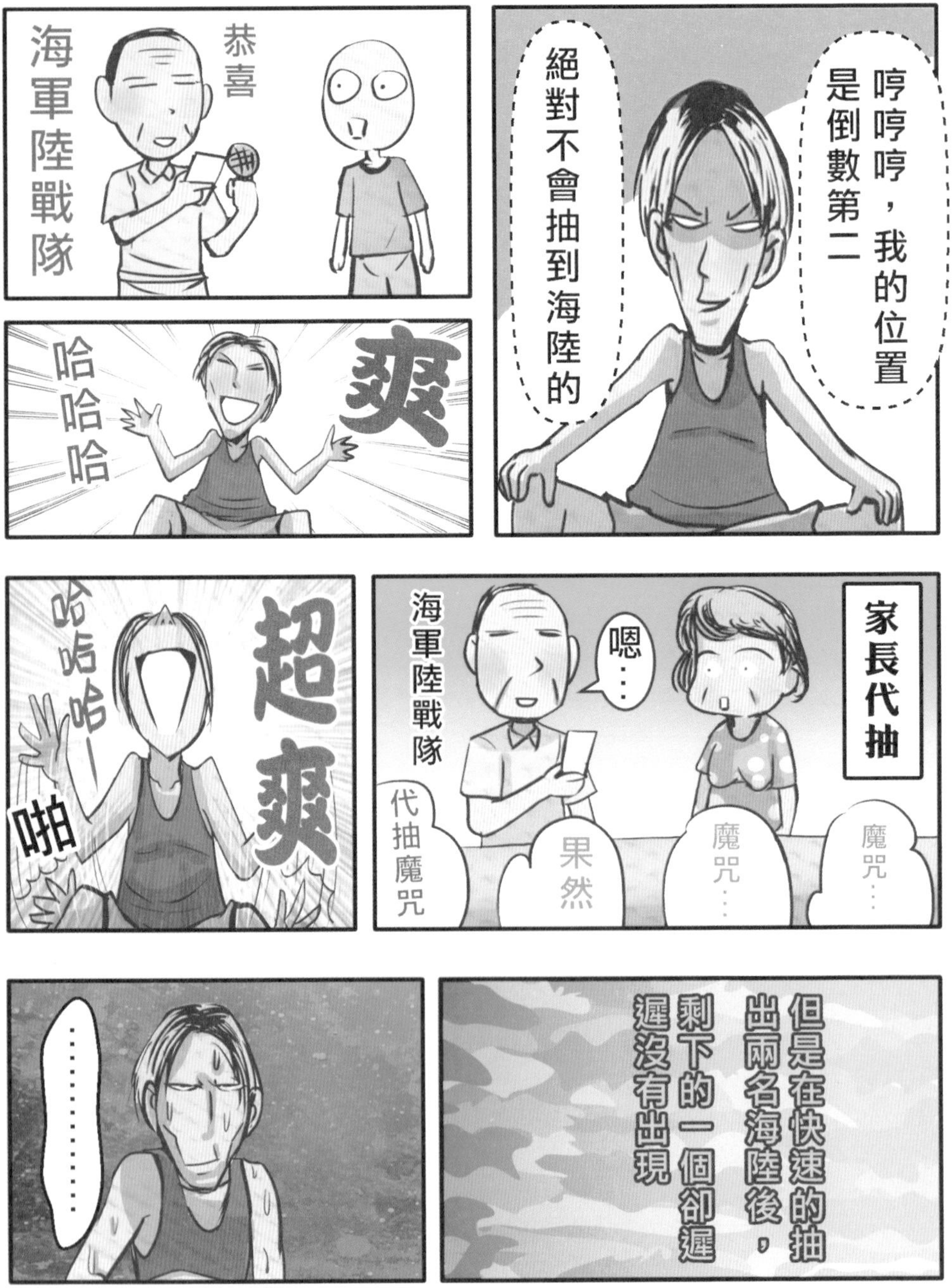
哼哼哼，我的位置是倒數第二
絕對不會抽到海陸的
恭喜
海軍陸戰隊
爽
哈哈哈哈
家長代抽
嗯……
海軍陸戰隊
魔咒…
魔咒…
果然
代抽魔咒
超爽
哈哈哈哈—
啪
但是在快速的抽出兩名海陸後，剩下的一個卻遲遲沒有出現
…………

好我們空軍已經抽完，還剩下一張海陸吼
很故意
這時我已經感受到，前面的那位先生已經完全笑不出來。
七十二號王小明
有
抽到的是
七十二號

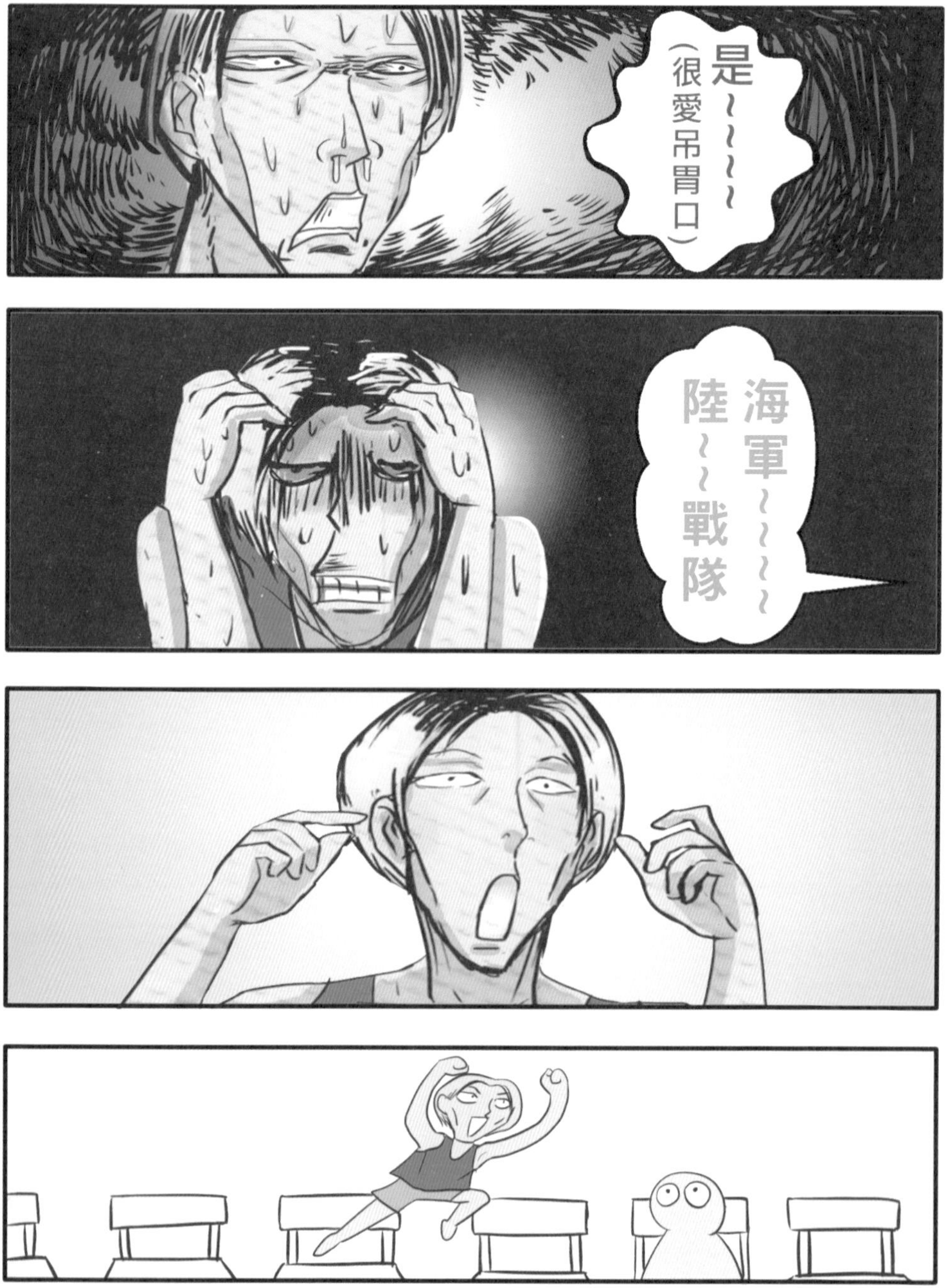
是~~~~
(很愛吊胃口)
海軍~~~~
陸~~戰隊

哈哈哈哈哈
親愛的~~~
阿哈哈哈哈……
阿哈哈哈哈……
阿哈哈哈哈……
阿哈哈哈哈……
……
阿哈哈哈哈……
阿哈哈哈哈……
幹…!

惡搞篇

母女騎驢
很久很久以前，有一對母女帶著一隻驢子去散步。
一個路人看到她們，就笑了
哈哈哈，有驢子幹嘛不騎牠？
媽媽想想也對，於是就讓女兒騎上驢子
但是另一個路人看到她們，就很生氣的說
怎麼可以讓媽媽走路？真是不孝
女兒想想也對，於是就讓媽媽騎上驢子

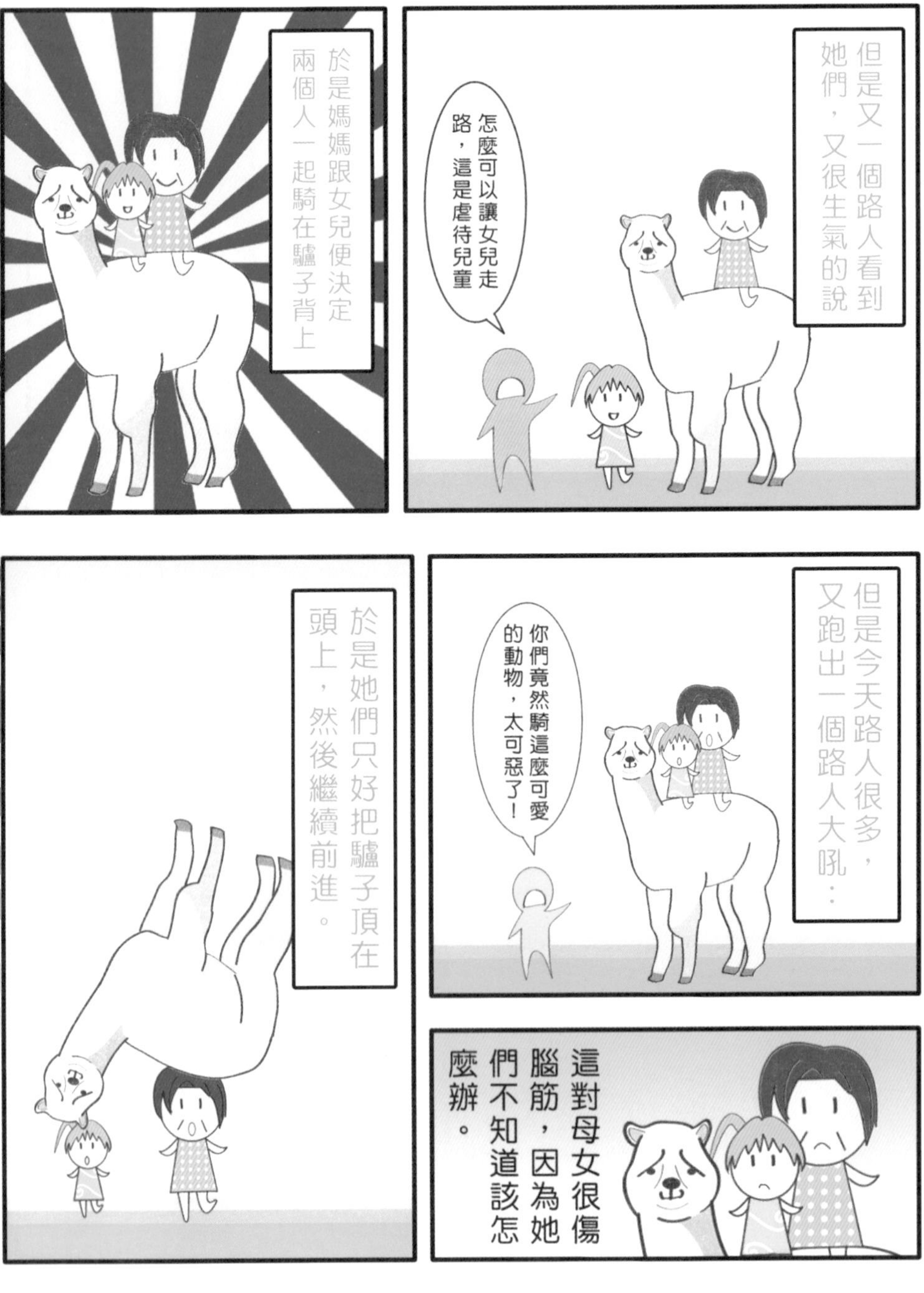
但是又一個路人看到她們，又很生氣的說
怎麼可以讓女兒走路，這是虐待兒童
於是媽媽跟女兒便決定兩個人一起騎在驢子背上
但是今天路人很多，又跑出一個路人大吼：
你們竟然騎這麼可愛的動物，太可惡了！
於是她們只好把驢子頂在頭上，然後繼續前進。
這對母女很傷腦筋，因為她們不知道該怎麼辦。

但是這樣子驢子
覺得很不舒服
所以驢子一氣
之下就跑走了
失去驢子的母女
非常難過與傷心
於是媽媽便去找那些
路人理論，但是…
干我屁事？
隨便說說你也信？
我有說過嗎？
怪我囉？

於是非常生氣的母親就穿上了假屌
把路人給肛了
嗨
疑？你不是跑走了嗎？
其實
我是去買康乃馨。
送您
哇~~
也給女兒一朵
哇好痛
祝天下所有的母親
母親節快樂呦

本篇同步更新於巴哈姆特，
創下24小時內被站方要求修
改的壯舉（？）

所以只好打馬賽克避免被下架…
（哭哭）

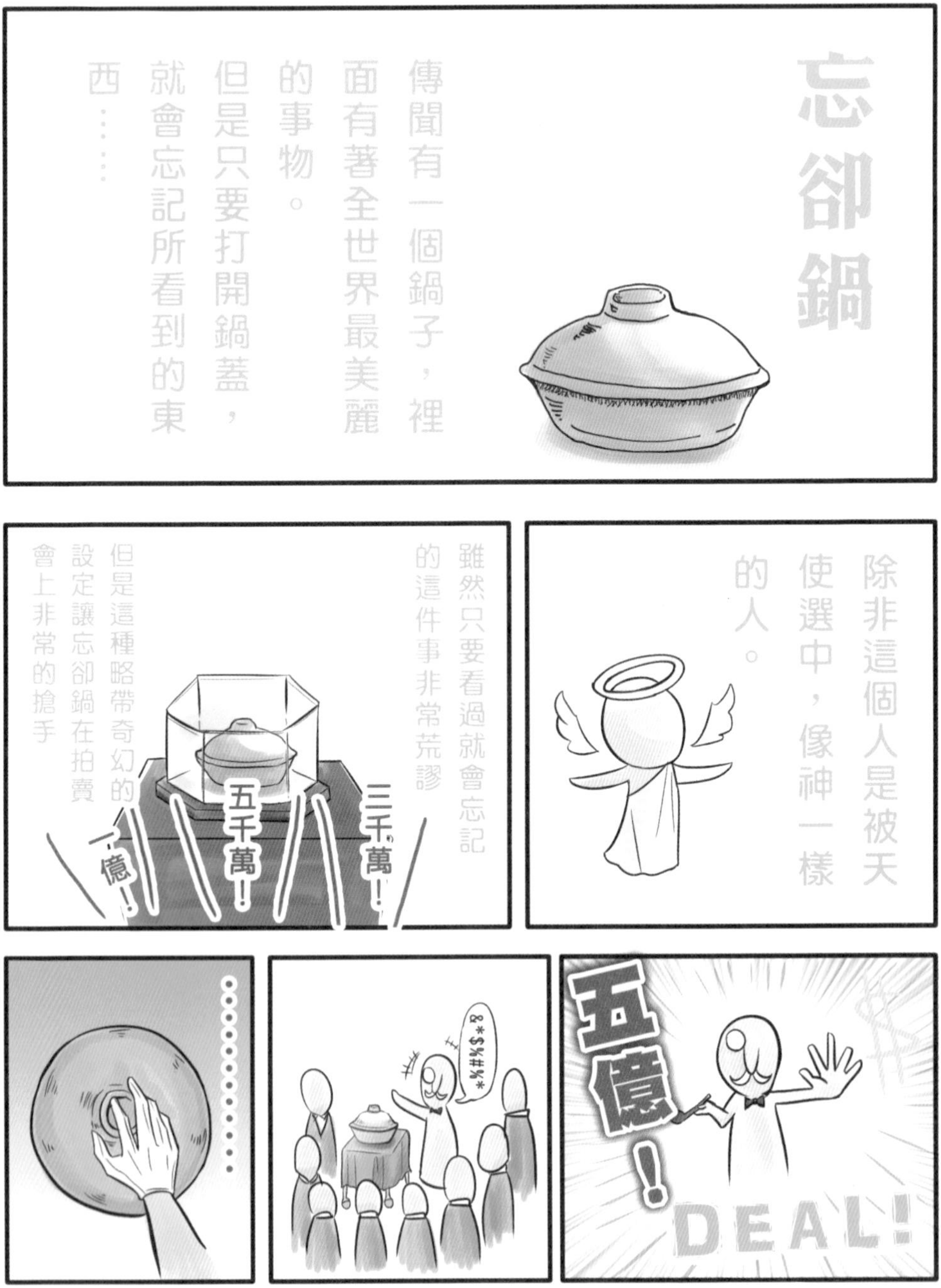
忘卻鍋
傳聞有一個鍋子，裡面有著全世界最美麗的事物。
但是只要打開鍋蓋，
就會忘記所看到的東西……
除非這個人是被天使選中，像神一樣的人。
雖然只要看過就會忘記的這件事非常荒謬
但是這種略帶奇幻的設定讓忘卻鍋在拍賣會上非常的搶手
三千萬！
五千萬！
一億！
五億！
DEAL!
&*$%##%*
……

……
!?
空的？
到底是忘卻鍋內本來就沒有任何東西
還是富翁看過忘了呢？
富翁沉思了
因爲富翁是個聰明的人
……
怎麼樣？
有看到什麼嗎？
無論如何，富翁並不是被選上的人，這讓他有點失落

下一次
會是由誰來開啟呢？

忘卻鍋
超好賺的
你在做什麼？

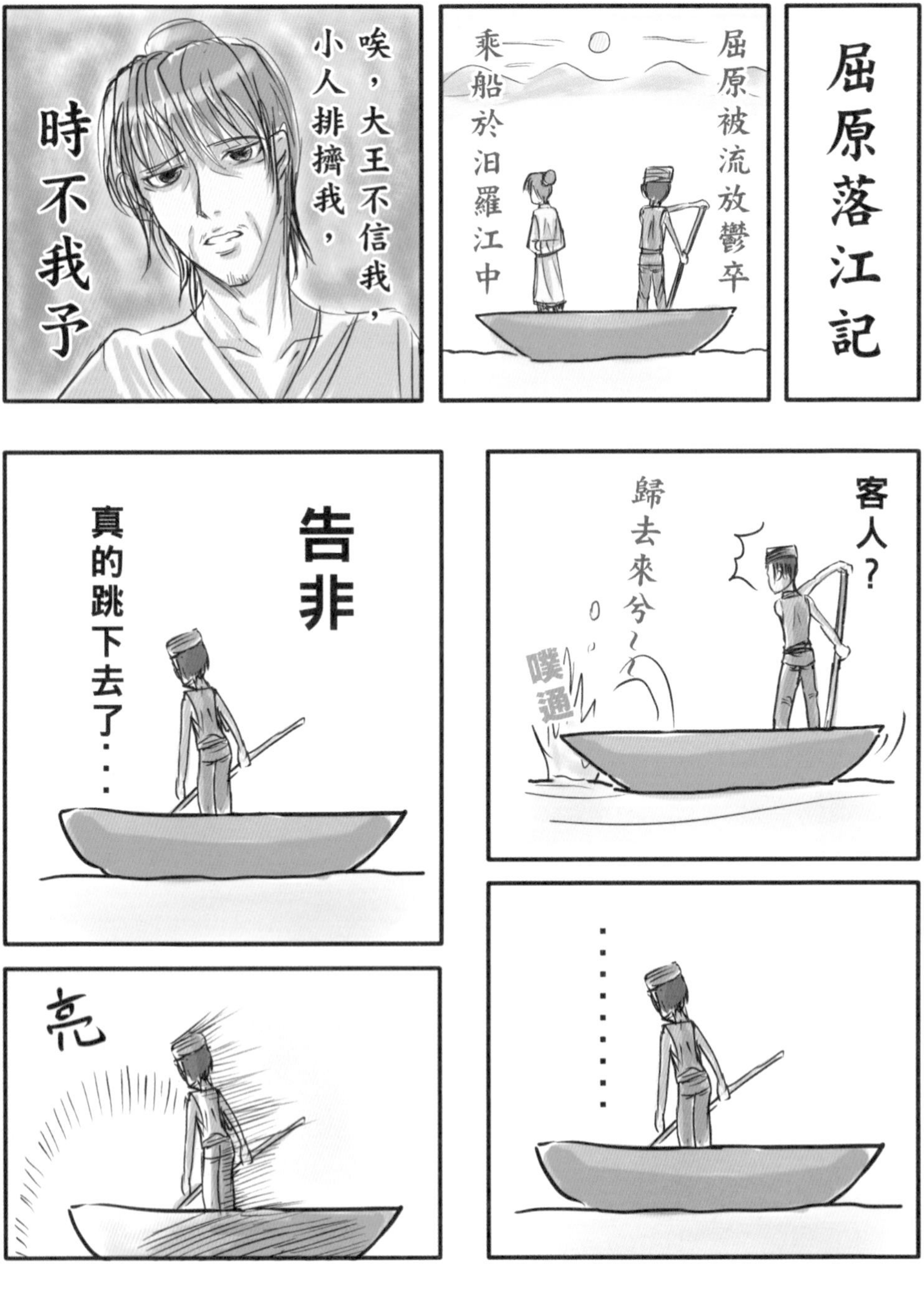
屈原落江記
屈原被流放鬱卒
乘船於汨羅江中
唉，大王不信我，
小人排擠我，
時不我予
客人？
歸去來兮～～
噗通
告非
真的跳下去了…
……
亮

嘩啦～
我是閃亮亮
超可愛
沉魚落雁傾國傾城的
湖之女神呢～
溫柔又大膽
性感又清純
呢～～～

來~~~
問你個問題
搞屁啊…
你掉的是金屈原還是銀屈原
還是這個快溺死的…
還是這個大概溺死的屈原呢？
好的
我想摸妳的捏捏
什麼？
○○○○○○○○○○○

……
……
你真是太貪心了呢！
我要把三個屈原都沒收了呢！
噗通
完

【國殤】屈原

操吳戈兮被犀甲，車錯轂兮短兵接。
旌蔽日兮敵若雲，矢交墜兮士爭先。
凌余陣兮躐余行，左驂殪兮右刃傷。
霾兩輪兮縶四馬，援玉枹兮擊鳴鼓。
天時懟兮威靈怒，嚴殺盡兮棄原野。
出不入兮往不反，平原忽兮路超遠。
帶長劍兮挾秦弓，首身離兮心不懲。
誠既勇兮又以武，終剛強兮不可凌。
身既死兮神以靈，魂魄毅兮為鬼雄。

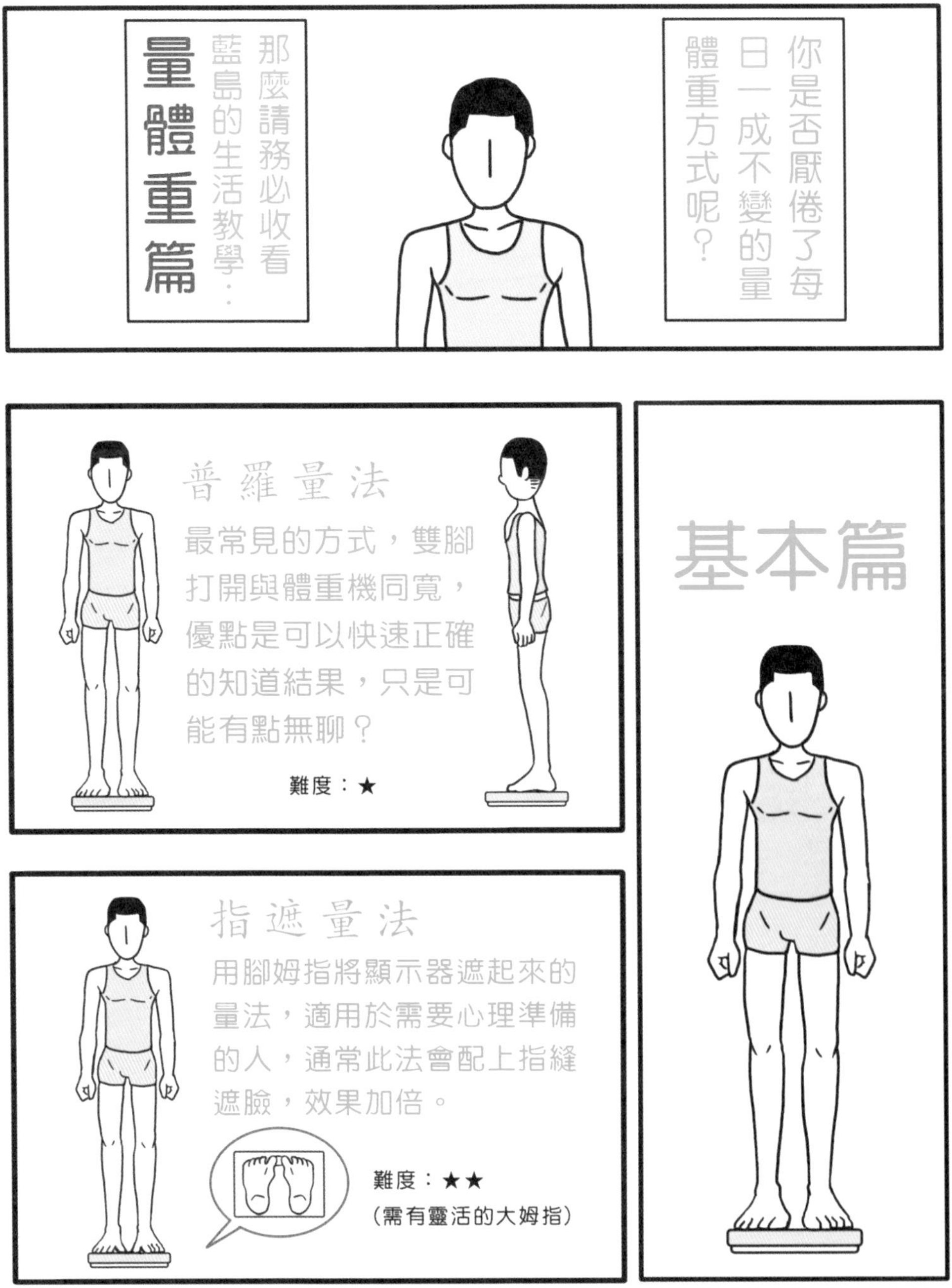
你是否厭倦了每日一成不變的量體重方式呢？
那麼請務必收看藍島的生活教學：
量體重篇
基本篇
普羅量法
最常見的方式，雙腳打開與體重機同寬，優點是可以快速正確的知道結果，只是可能有點無聊？
難度：★
指遮量法
用腳姆指將顯示器遮起來的量法，適用於需要心理準備的人，通常此法會配上指縫遮臉，效果加倍。
難度：★★
（需有靈活的大姆指）

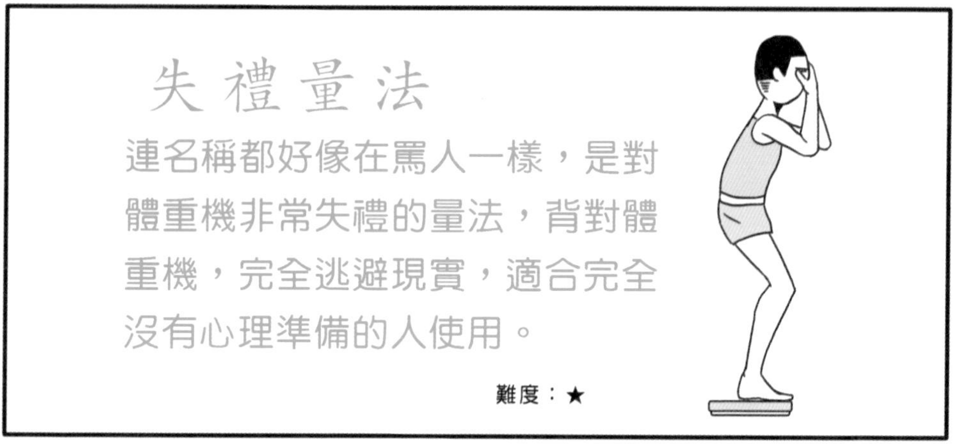
失禮量法
連名稱都好像在罵人一樣，是對體重機非常失禮的量法，背對體重機，完全逃避現實，適合完全沒有心理準備的人使用。
難度：★

大自然量法
以最接近自然的姿態，追求最精簡的極致，身上無一絲多餘，讓我們與大自然融為一體吧!!
難度：★（室內）
★★★★★（總統府前）
超推薦

注意事項二
過多的馬賽克，
容易導致猥褻。

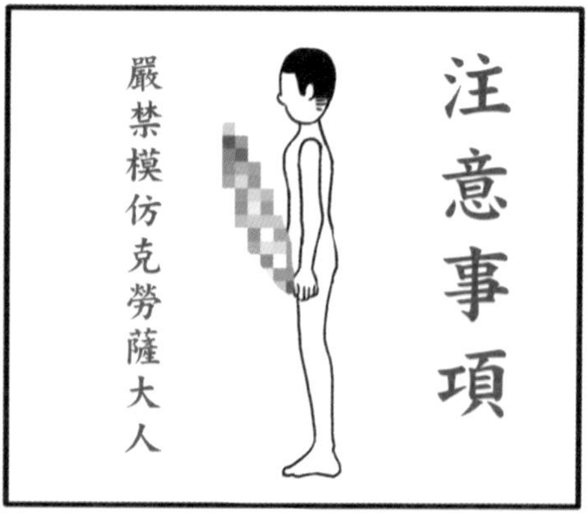
注意事項
嚴禁模仿克勞薩大人

中級篇

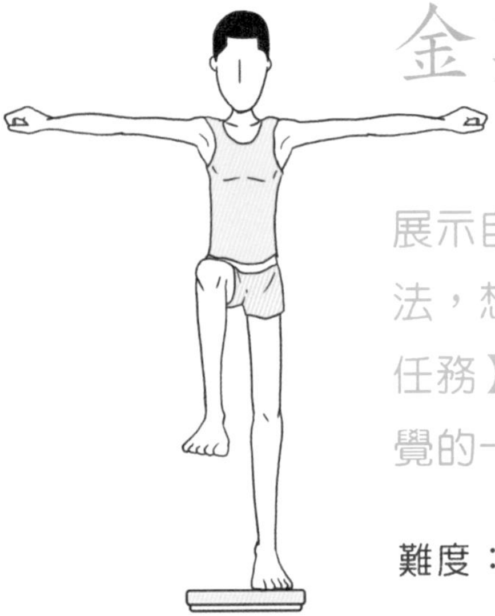

金雞獨立量法

展示自己傲人平衡感的一種量法，想像自己如同電影【駭客任務】一般，並將體重視為幻覺的一種。

難度：★★★

金雞不立量法

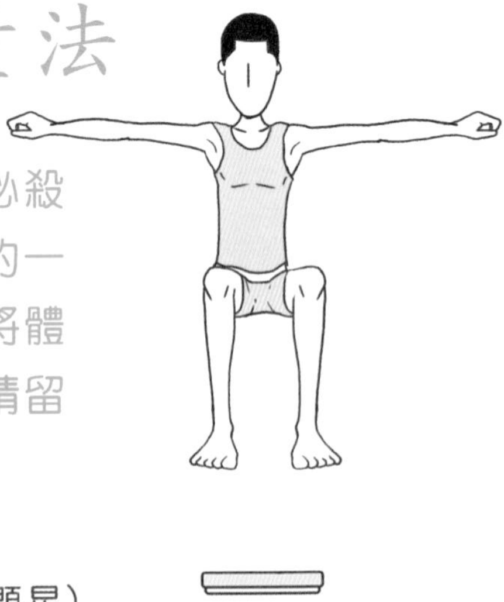

將兩隻腳都抬起來的必殺姿勢，為中級篇最難的一種量法，使用此法可將體重一瞬間降到零，但請留意接下來的衝擊。

難度：★★★
(在空中每多停一秒多加兩顆星)

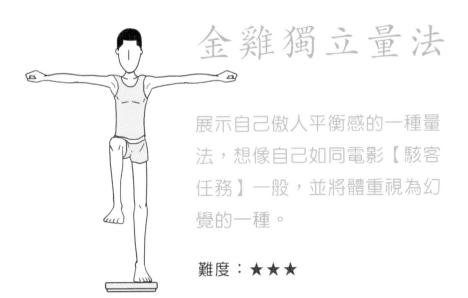

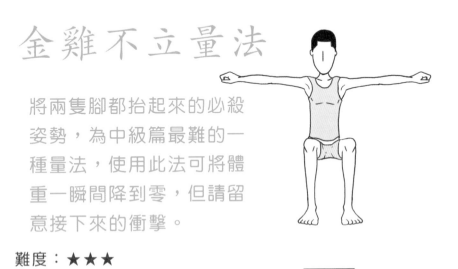

測身高量法

有如國小測身高一樣，總是恨不得墊起腳再高個幾公分。基於此點創造出的量法，除了可以有效鍛鍊小腿肌外，如何保持平衡也是一大考驗。

難度：★★★

沉思者量法

模仿羅丹名作：「**沉思者**」的姿態，是充滿力與美的一種量法，將肛門與眼睛比平常更貼近地面，更能看清體重計的刻度，非常適合勇往直前的一種量法。

難度：★★★

（半蹲需從小訓練）

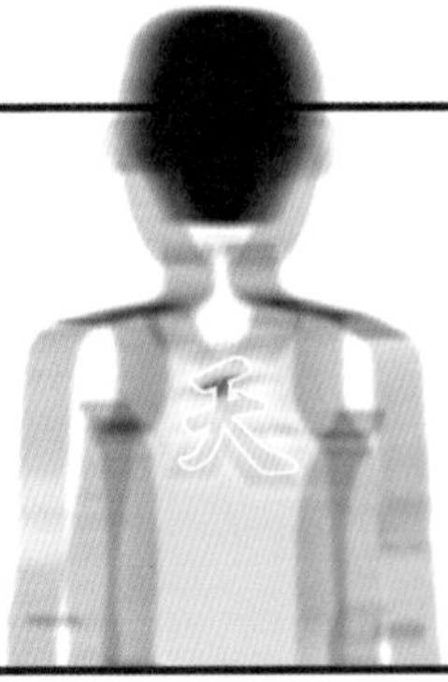

專家篇

秤豬肉量法

想像自己是一隻待宰的肉豬，在有限的空間內極力使自己頭腳不落地，是適合表演給女朋友看，極需腰力的一種量法。

難度：★★★★

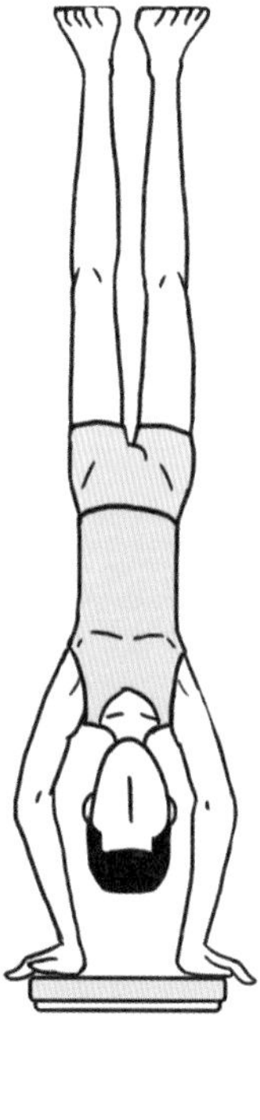

倒立量法

是一種大家想得到卻不見得作得到的一種量法，屬於達人的高等技巧，練成後可向朋友誇耀，員工健康檢查時也可小露一手。

難度：★★★★★
（朝腦充血邁進吧）

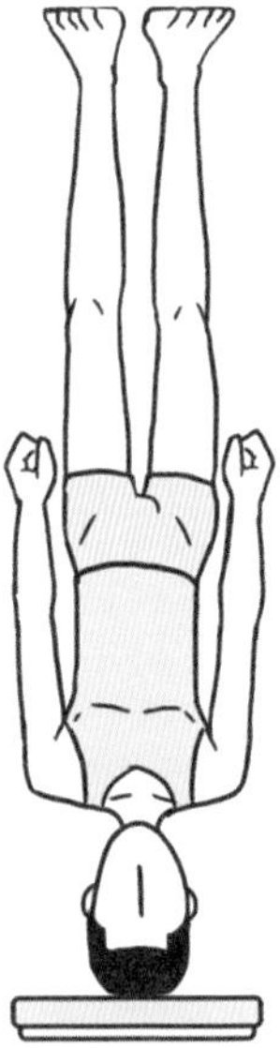

鐵頭功量法

相傳源自【少林七十二絕技】的一種，為少林寺不傳之秘，練此法須將頭插入鐵砂七七四十九天，方能有所小成，持續功成後，便可光宗耀祖、衣錦還鄉。

難度：★★★★★★★

咱A兄弟量法

完全打破既定常規，顛覆體重機只能一人量的鐵律，你扛著我，我騎著你，其樂融融、好不快活。

難度：★★★★★★★

（後腦勺溫熱代表友情象徵）

終極篇

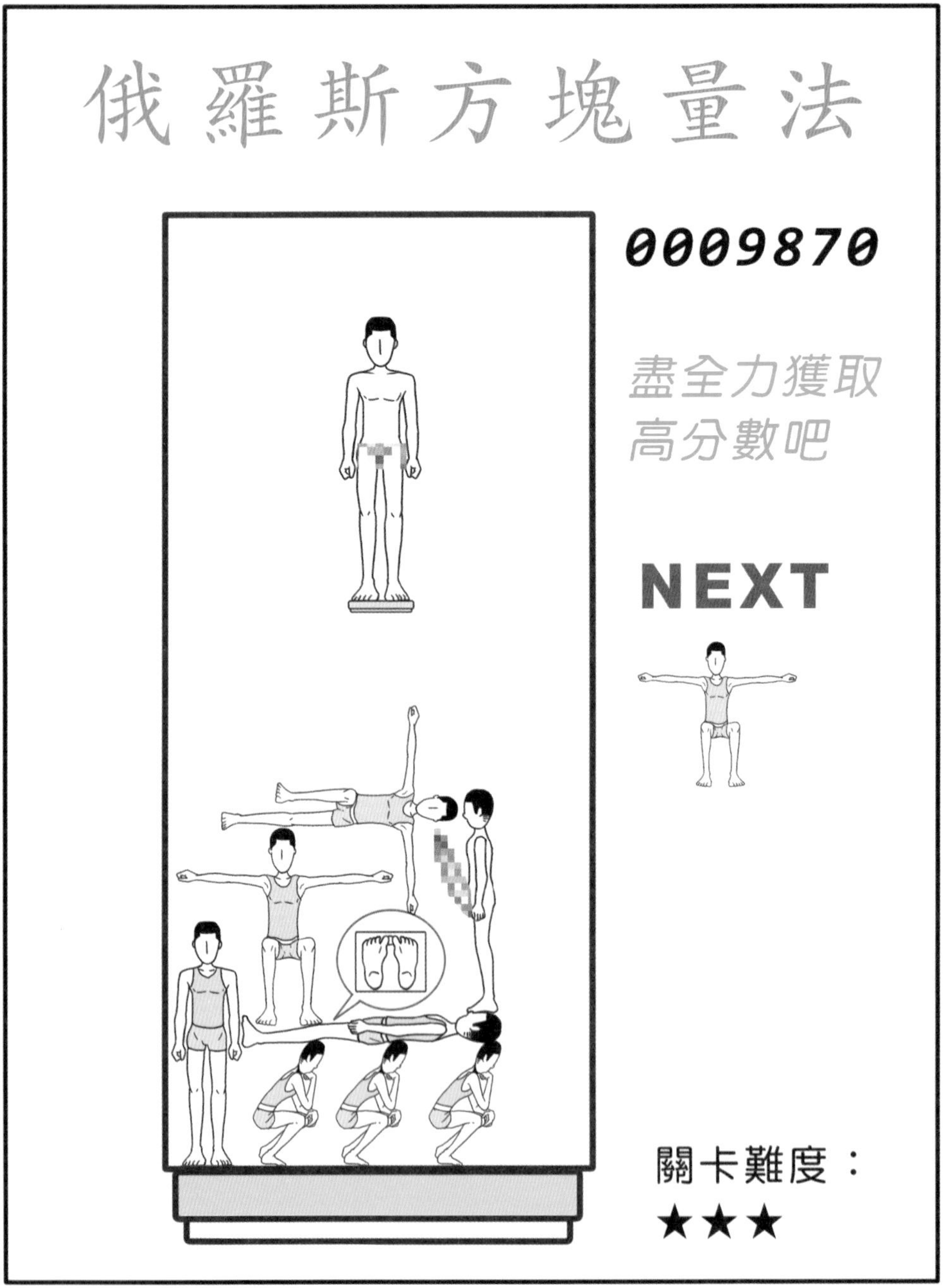
俄羅斯方塊量法
0009870
盡全力獲取
高分數吧
NEXT
關卡難度：
★★★

都學起來了嗎？加油喔，藍式生活教學，我們下次見

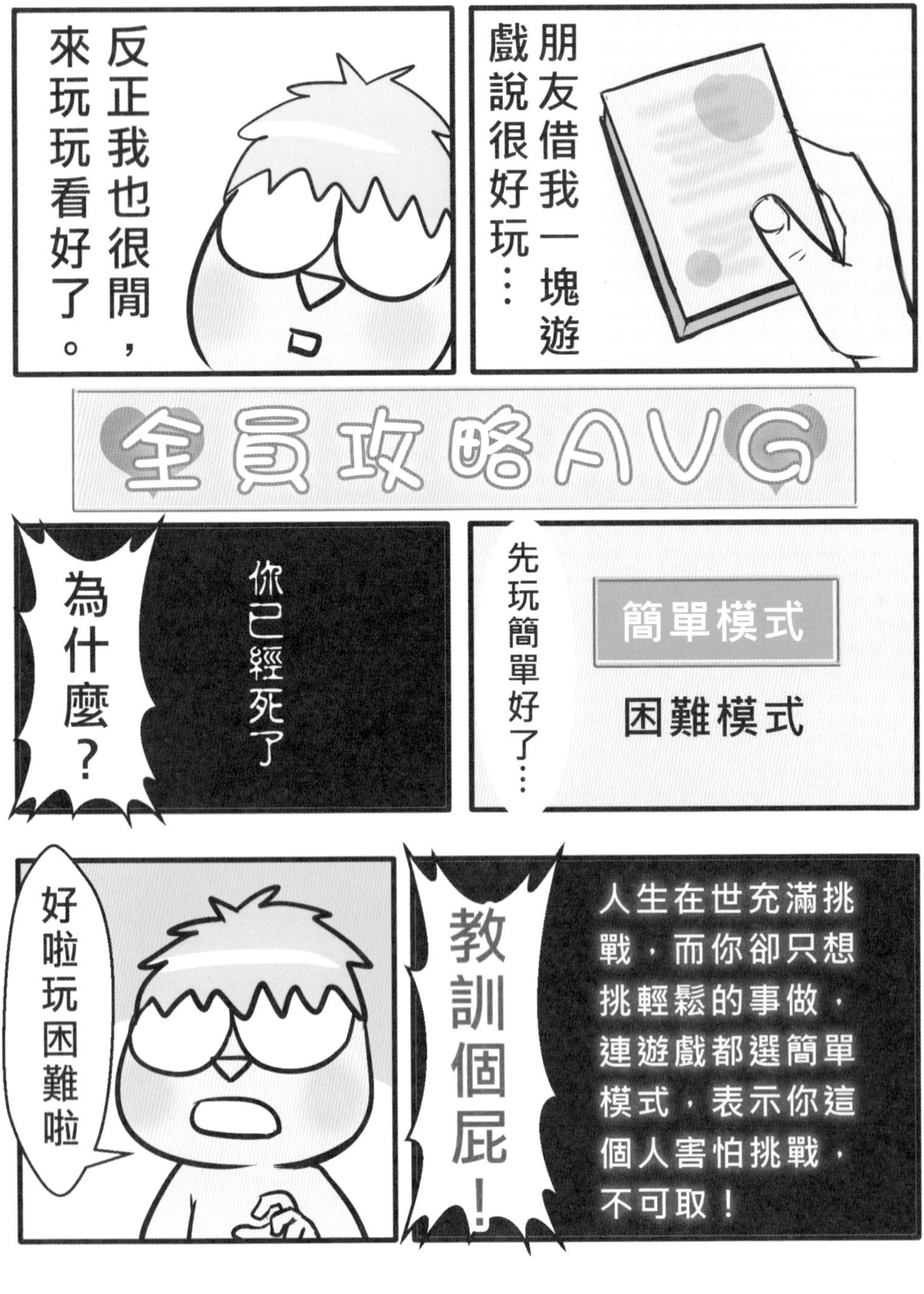
朋友借我一塊遊戲說很好玩…
反正我也很閒，來玩玩看好了。
全員攻略AVG
先玩簡單好了…
簡單模式
困難模式
你已經死了
為什麼？
人生在世充滿挑戰，而你卻只想挑輕鬆的事做，連遊戲都選簡單模式，表示你這個人害怕挑戰，不可取！
教訓個屁！
好啦玩困難啦

喔？
藍島
今天是開學的第一天，
我要好好努力!!!
看來是校園戀愛故事。
喔，是校工阿？
1. 麻煩你了
2. 不用謝謝
校友
你是新來的轉學生吧，需要
我帶你認識新環境嗎？
反正是過場人物，選一吧！
校工與你
結為了連理
臉紅
靠北不要攻略校工啊啊啊！

黑皮你大頭啦！
HAPPY END
淦，重玩
藍島
2.不用了我自己逛。
這個嘛
美幸
小雯
我要巨乳眼鏡妹！
同學出現了，要跟誰搭訕呢？

當然去阿！
小雯找你去福利社，要去嗎？
好感增加啦！
小雯被福利社的人潮推倒，
你救了她。
為什麼是妳增加啊啊啊？
福利社阿姨對你的好感增加了

又來？
HAPPY END
嘿你老木啊啊啊啊！
算了這次選另一個好了
美幸：
你真是個有趣的人！
美幸：討厭，不要一直盯著人家啦
美幸：來~~嘴巴張開

來啦！
美幸
我有些話想跟你說，放學後可以來傳說的大樹後面嗎？

傳說大樹
只要兩個相愛的人跟傳說大樹告白，就可以得到幸福。

美幸
你……願意跟我交往嗎？

喔喔喔，螢幕發光了
好
不好
蛤？
美幸
看來我們可以讓傳說中的大樹幸福了呢~~~~~~
花惹發？
傳說中的大樹，已經變成你的女朋友了。

TREE END

完

有時候我們可以聽到南部人騎山豬這種事。
到底這件事是不是真的呢？
其實是真的喔

南部人騎山豬

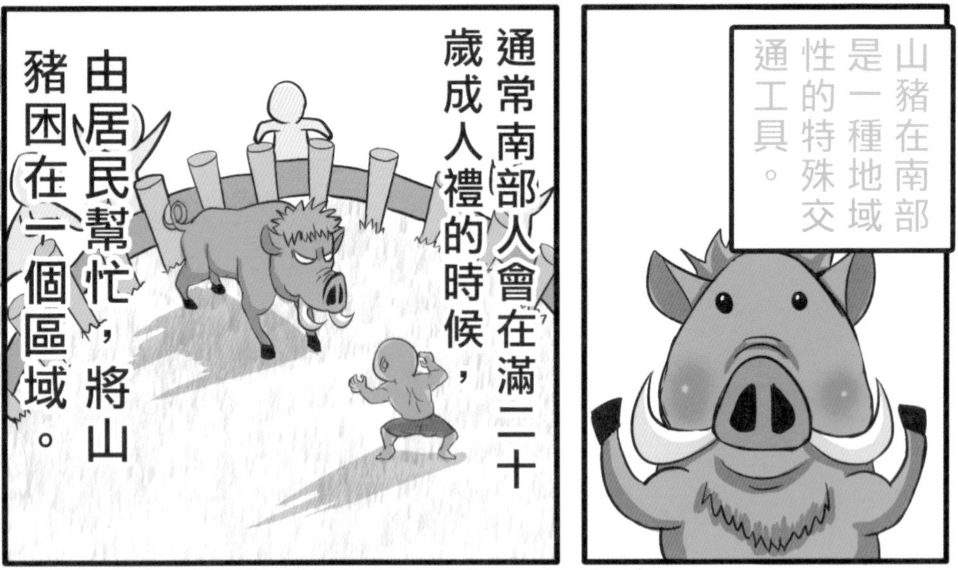
山豬在南部是一種地域性的特殊交通工具。
通常南部人會在滿二十歲成人禮的時候，
由居民幫忙，將山豬困在一個區域。

將想要騎山豬的年輕男性或女性，放在其中，獨自馴服山豬。
由於難度很高，近年來騎山豬的人逐漸減少。
但是擁有一隻自己的山豬代表了地位以及身體強壯，
在南部社會，這是很吃香的。
而在南部，為了讓長途跋涉的山豬能休息，南部人設立了【加料站】
加料站內除了飼料以外，還有山豬休息的空間，保證不虐待動物。

玉米
+0.2%
今日價格
7月
飼料費比照國際飼料價格浮動。
8-12
通常加料的時間會比較久，所以加料站也有設便利商店或是休息處，讓豬主們小歇一下。
南部頗受歡迎的小說：加料站之戀，就是以加料站為背景所發生異種間的戀愛故事。
山豬最高時速可達七十至八十公里
奔跑在路上時相當威風

而且主人大多數都很友善。
下次到南部看到南部人騎山豬，請熱情的跟他們打聲招呼吧！
他們說不定會熱情的把你撞飛喔！

完

這不是愛情篇

嗨，大家好，我叫阿嘉，是一個雜誌編輯。
保險套之戀
今年二十七歲，沒有女朋友的日子二十七年。
看屁阿，我只是把事實講出來，你想對旁白做什麼。
我的工作會認識到很多女性
也跟她們處的不錯，應該算是蠻有女人緣的吧？
阿嘉~陪我逛街~
好~~

阿嘉~陪我睡覺~
不好吧~
阿嘉~陪我喝酒~
好~~
另外，除了女人緣以外
我的男人緣也是不錯的
阿嘉~陪我逛街~
好~~
阿嘉~陪我喝酒~
好~~
阿嘉~幫我撿肥皂~
不好吧~

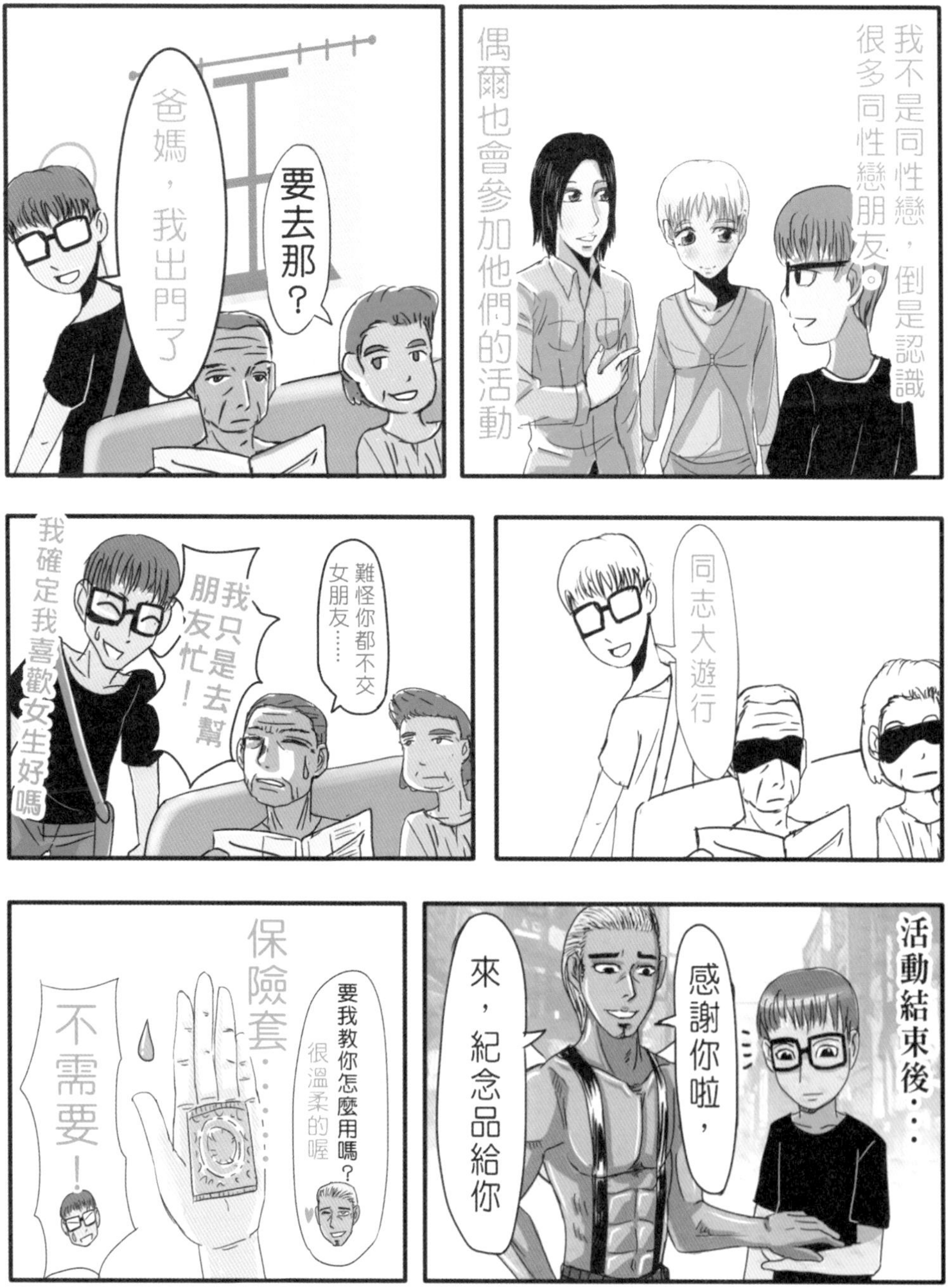
我不是同性戀,倒是認識很多同性戀朋友。
偶爾也會參加他們的活動
爸媽,我出門了
要去那?
同志大遊行
難怪你都不交女朋友……
我只是去幫朋友忙!
我確定我喜歡女生好嗎
活動結束後…
感謝你啦,
來,紀念品給你
保險套……
要我教你怎麼用嗎?
很溫柔的喔
不需要!

晚上我還要請小摩吃飯
小摩是我認識很久的一個女生，最近在工作上麻煩她很多，請她吃個飯聊表一下謝意。
呦，
你終於來啦？
還不錯嘛
還知道要請我吃飯
小摩是個開朗又愛搞笑的女生，其實我有點喜歡她，
你看，鹹蛋超人
噗！
不過我想她肯定只把我當哥兒們吧……
吃的差不多了，那我們等一下…
結帳～～結帳～～

啪
什麼東西掉了？
呃……
保險套…？
……

……
我本來以為
今天晚上只是出來吃頓飯而已……
咦？

完

翻白眼的條件

美女作家
做自己

芒果偷拍狗仔粉絲團
偷拍到美女作家跟粉絲合照完翻白眼的一瞬間!!!!!!!!!!!!
4,744 個人都說讚。
人氣留言
1157 個分享
太失望了，到底把粉絲當啥
讚．回覆．7．11月5日 19:30
她的作家生涯完了
讚．回覆．1．11月5日 19:55來自手機
完全沒有職業道德，我要呼籲所有的人拒買它的書!!!!
,744 個讚．回覆．11月5日 19:32
對她而言讀者只是她賺錢的工具啦，賤人看破妳手腳了。
已燒書
我一個月就瘦一百公斤，想當漂亮媽咪快點我的頭像!!
讚．回覆．19 小時前來自手機
查看更多留言
59則中的6則

拉拉隊女孩

芒果偷拍狗仔粉絲團
偷拍到球隊女孩跟粉絲合照完翻白眼的一瞬間!!!!!!!!!!!!
4,744 個人都說讚。
人氣留言
1157 個分享
人前人後不一樣
讚 · 回覆 · 7 · 11月5日 19:30
因為不是帥哥
讚 · 回覆 · 1 · 11月5日 19:55來自手機
她沒有在拍的時候臭臉已經很好了,說不定那男的偷摸
,744 個讚 · 回覆 · 11月5日 19:32
哈哈哈．反應也太直接．有夠衰還被拍到。
無限期支持拍完照翻白眼
我一個月就瘦兩百公斤．想當漂亮媽咪快點我的頭像!!
讚 · 回覆 · 19 小時前來自手機
查看更多留言
59則中的6則

酒店小姐

芒果偷拍狗仔粉絲團
偷拍到酒店小姐跟粉絲合照完翻白眼的一瞬間!!!!!!!!!!!!
4,744 個人都說讚。
人氣留言
3個分享
.........阿不然咧？
讚 · 回覆 · 7 · 11月5日 19:30
難道你去酒店找真愛嗎？
讚 · 回覆 · 1 · 11月5日 19:55來自手機
酒店小姐一天翻的白眼比你吃過的飯還多好嗎？
.744 個讚 · 回覆 · 11月5日 19:32
老闆小費給太少又愛亂摳啦，妳看她一直擋下面。
芒果你去酒店就拍這個？
淦哩良我警告你不要再嗆我漂亮媽咪喔!!
讚 · 回覆 · 19 小時前來自手機
查看更多留言
59則中的6則

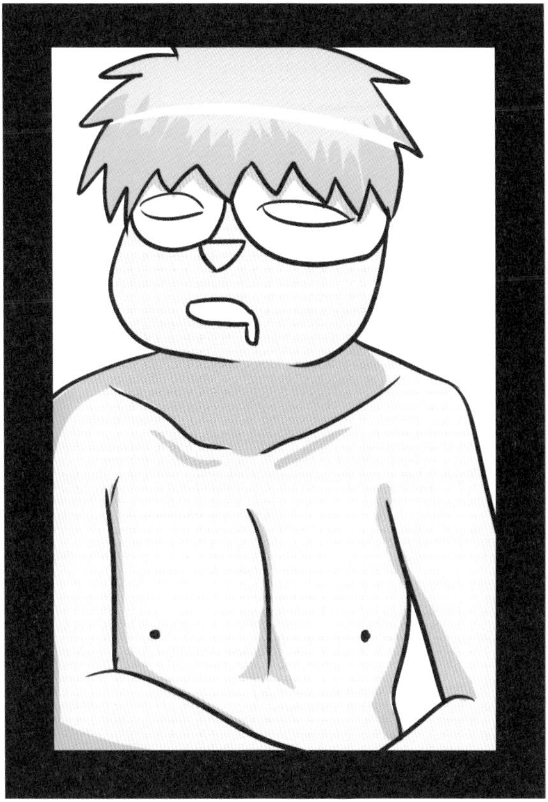

芒果偷拍狗仔粉絲團

偷拍到藍島與粉絲合照完翻白眼的一瞬間!!

人氣留言 ▾

藍島 說讚。

讚 · 回覆 屁股都露了……

嗨，我叫阿和，今天要跟大家說一個故事。
阿炮傳說
鈴鈴鈴~
酒鬼松
來電
阿和啊，晚上要不要跟大家一起看經典賽，我租個可以開趴的旅館，不怕吵。
好啊，你把阿炮他們找來邊喝邊看啊！
小希
阿松
阿和
阿炮
(主角?)
小建建

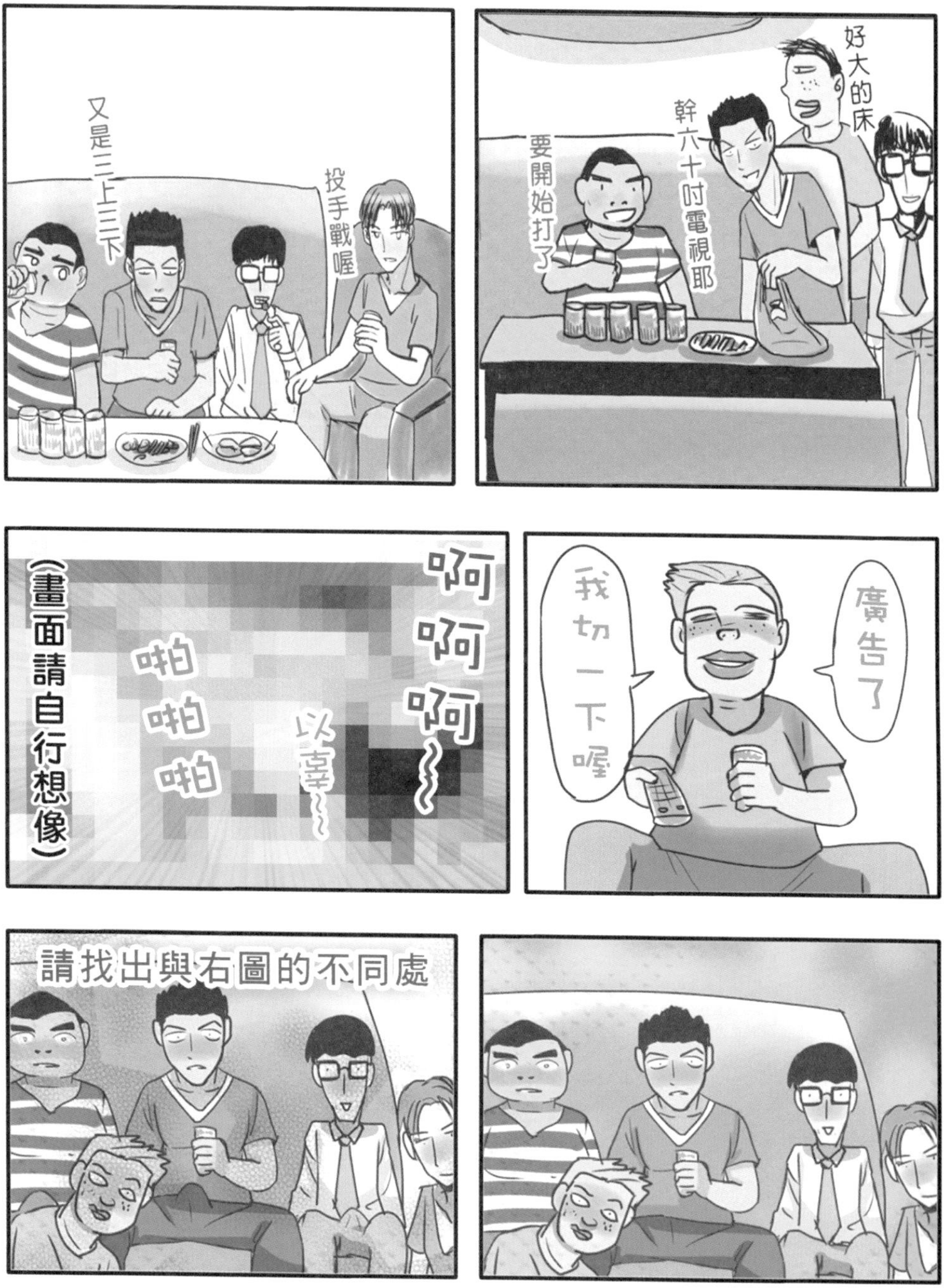
好大的床
幹六十吋電視耶
要開始打了
投手戰喔
又是三上三下
廣告了
我切一下喔
啊啊啊~~
以辜~~
啪啪啪
(畫面請自行想像)
請找出與右圖的不同處

喂~你們有叫小姐的服務嗎？
我好想打砲
我好想打砲喔
這部份我們有外包，客人您需要嗎？
我小姐叫好了，房間也開好了
還有一件事要拜託你們
真的假的？
什麼事？
…借我錢
蛤~~
算了我自己領
阿和陪我去領錢。
沒錢
沒錢
沒錢
在銀行不想領
幹

最後走了快三十分鐘，終於看到一台提款機

我密碼輸入錯誤
被鎖卡了
幹你白癡喔
我好想打炮…
我真的好想打炮
竟然哭了
我要打炮！
嗚嗚嗚嗚
我要打炮啦
……
阿炮密碼打錯被鎖卡了
而且他現在在哭
幹他白癡喔！
三部合唱
後來沒辦法，大家只好出來救人
好遠
這家旅館誰挑的
然後領錢出來借給阿砲
嗚~~謝謝你們

我可以打炮了
耶~我可以打炮了！
我終於可以打炮了
那天晚上，中華以三比四輸給了日本。
我們一致認為，是阿炮害的
我好想打炮

順帶一提，就在大家都出去的時候……

對，阿炮到最後，還是沒有打到炮……

月收入沒十萬

真愛公寓 個人資料

Jean Lee李美美

我今年29歲，身高165體重47，在科學園區上班，月入4~5萬，希望能找一個月入十萬的男性，以結婚為前提交往。對了，沒有十萬的就不用私訊了，不用浪費大家的時間。

4,744 個人都說讚。 人氣留言

157 個分享

妳以為你是誰阿？

讚・回覆・7・11月5日 19:30

這種臉就是給人當小三啦

讚・回覆・1・11月5日 19:55來自手機

老子我一個月賺十萬就去找更年輕的了，根本不會上妳

.744 個讚・回覆・11月5日 19:32

我是在我老公最窮的時候認識他的，他很努力，我們現在很幸福

讚・回覆・19 小時前來自手機

查看更多留言 59則中的6則

真愛公寓 個人資料

麗 Mary Wu 吳麗麗

我今年29歲，身高165體重47，在科學園區上班，月入4~5萬，希望能找一個有上進心，孝順父母的男性，以結婚為前提交往。收入多少不重要，重要的是能互相扶持、一起打拼。

44,744 個人都說讚。 人氣留言 ▾

157 個分享

妳的觀念很正確 加油
讚 · 回覆 · 7 · 11月5日 19:30

照片是草泥馬嗎？ 哈哈
讚 · 回覆 · 1 · 11月5日 19:55來自手機

妳是一個很棒的女孩，能夠看穿物質的表相，希望全天下的女孩都能跟妳學習

我是在我老公最窮的時候認識他的，他很努力，我們現在很幸福
讚 · 回覆 · 19 小時前來自手機

可以認識妳嗎？
讚 · 回覆 · 7 · 11月5日 19:30

未來才是最重要的!!!!
讚 · 回覆 · 1 · 11月5日 19:55來自手機

我一個月就瘦二十公斤 想要知道我怎麼瘦的嗎？快點我的頭像!!

我是在我老公最窮的時候認識他的，他很努力，我們現在很幸福
讚 · 回覆 · 19 小時前來自手機

查看更多留言 59則中的6則

麗
Mary Wu 吳麗麗
各位不好意思，
剛放錯照片了XD
這張才是我的照
片，我不是草泥
馬啦XDD
真愛公寓 個人資料

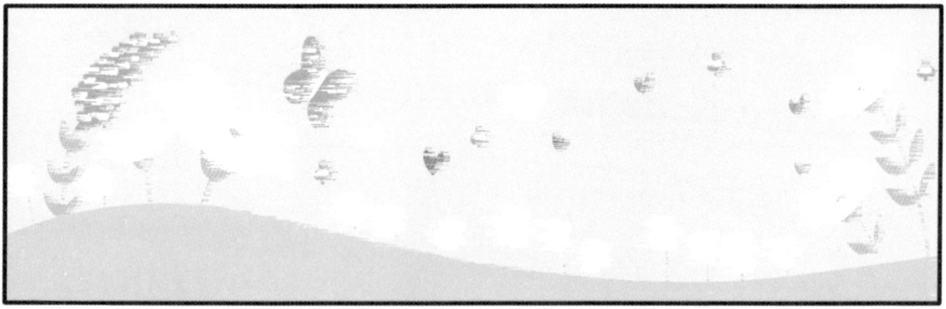

真愛公寓　個人資料

麗 Mary Wu 吳麗麗

各位不好意思，剛放錯照片了XD這張才是我的照片，我不是草泥馬啦XDD

吳麗麗 說讚。

[redacted] 祝妳幸福
讚．回覆．

Mary Wu 吳麗麗
已退出真愛公寓
Exit

後記

後記

大家好，我是藍島，一個主業是畫圖，副業是講漫才與炒緋聞的圖文作家。

這樣走偏的我，終於出了人生第一本個人作品集，終於有東西可以擺在書店，終於可以在不是很熟的親戚質問下回答：「我是一個作家」的同時拿自己的書巴他的臉。

我想這樣做已經很久了。

這本書能完成，靠的是許多人的幫忙，主要得感謝我的編輯，即使我不眠不休的拖稿，她依舊對我不離不棄，在她親切的笑容背後，我都能感受到日益濃厚的殺氣，在良心的譴責下，我終究是完成了這本書。

這本書沒什麼大主題，主要就是一個個的小故事，如果這些小故事能帶給你一些些歡樂的時光，就是我莫大的榮幸了，感謝購買這本書的你。

作　者
藍島

主　編
陳文君

責任編輯
李芸

圖文03

國家圖書館出版品預行編目(CIP)資料

藍島不是藍島 / 藍島著. -- 初版. -- 新北市：世茂, 2016.09
面；　公分
ISBN 978-986-93491-0-9(平裝)

1.圖文

855　　105014144

藍島不是藍島

出版者　世茂出版有限公司
地　址　（231）新北市新店區民生路19號5樓
電　話　（02）2218-3277
傳　真　（02）2218-3239（訂書專線）（02）2218-7539
劃撥帳號　19911841
戶　名　世茂出版有限公司
單次郵購總金額未滿500元（含），請加50元掛號費
世茂網站　www.coolbooks.com.tw
排版製版　辰皓國際出版製作有限公司
印　刷　祥新印刷股份有限公司
初版一刷　2016年9月

ISBN　978-986-93491-0-9
定　價　300元

藍島不是藍島

藍島 圖·文

↑完成品示意圖

【手工3D裸體藍島】

藍島不再只屬於奇片，你，也可以擁有屬於自己的藍島喔！真是太棒啦！

↓藍島的屁屁
組裝完成後安裝至本體背後

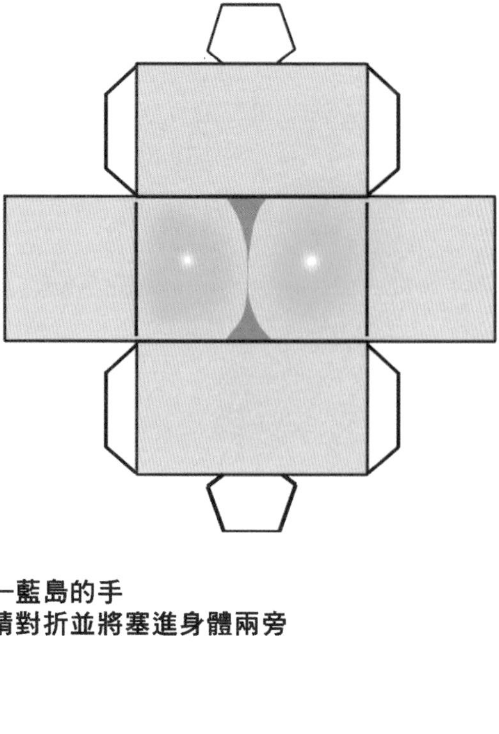

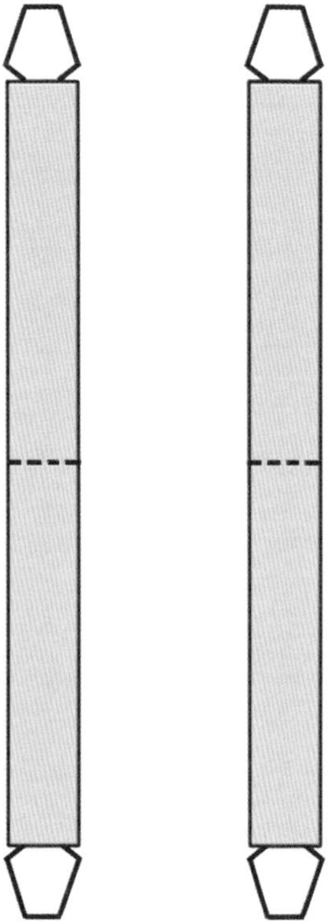

←藍島的手
請對折並將塞進身體兩旁

世茂出版集團

藍島不是藍島

藍島 圖‧文

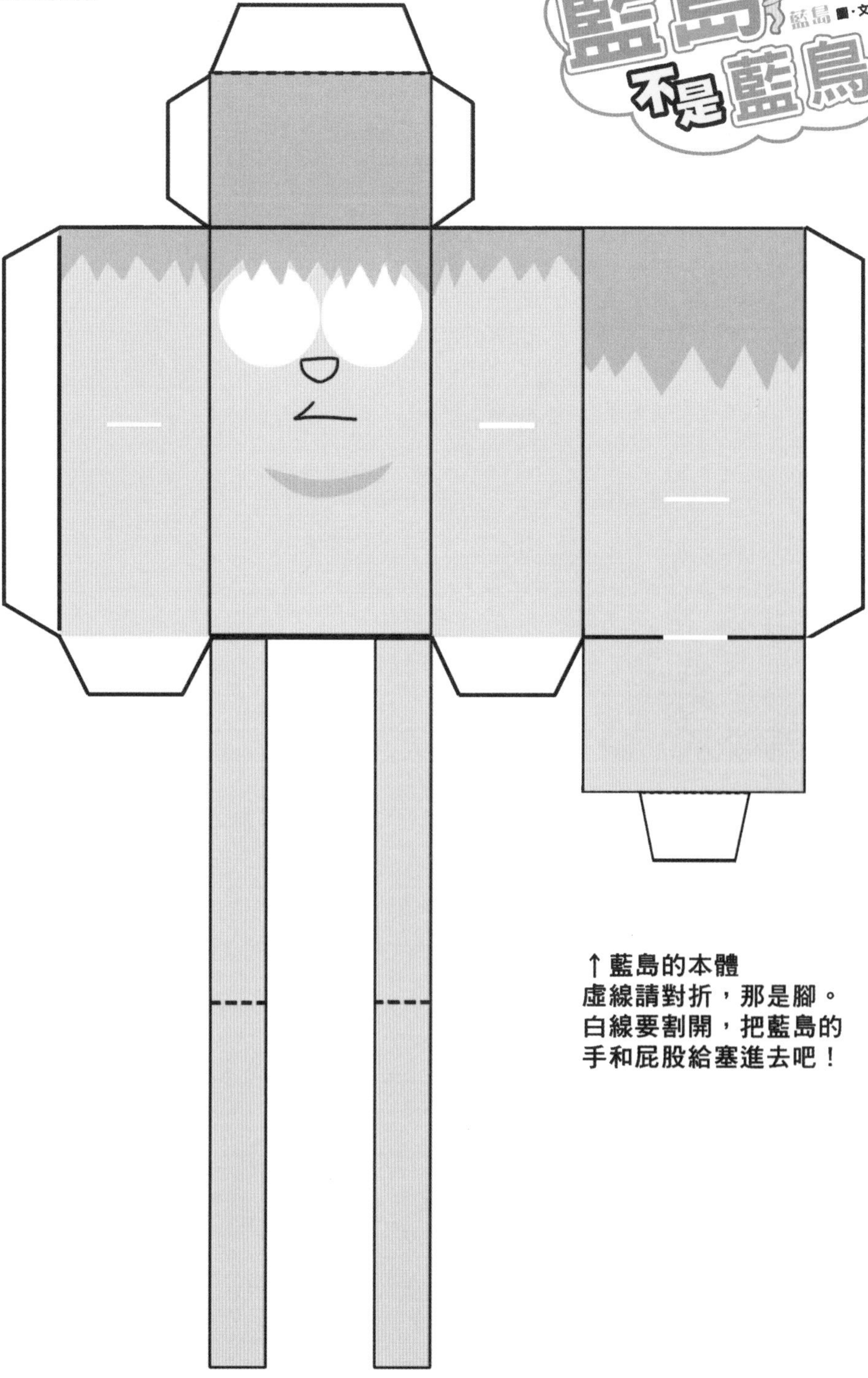

↑藍島的本體
虛線請對折，那是腳。
白線要割開，把藍島的
手和屁股給塞進去吧！